光文社文庫

長編時代小説

黄泉《よみ》知らず

牙小次郎無頼剣（三）

決定版

和久田正明

KOBUNSHA

JN030521

光 文 社

目次

主な登場人物

牙《きば》小次郎《こじろう》　纏《まとい》屋の石田《いしだ》の家に居候する浪人。実の名は正親町高熙《おおぎまちたかひろ》。父は、今上天皇の外祖父にあたる。

小夏《こなつ》　夫の三代目石田治郎右衛門《じろうえもん》が亡くなった後も石田の家を支える女将。

三郎三《さぶろうざ》　駆け出しの岡っ引き。

田ノ内伊織《たのうちいおり》　南町奉行所定町廻り《じょうまちまわ》同心。

第一話　黒か白か

一

その女と目を合わせたとたん、牙小次郎《きばこじろう》は金縛りのようになった。

女の目は縋《すが》りつくようで、必死に何かを訴えており、それはまた哀切をきわめ、小次郎の心を強く惹《ひ》きつけた。

女は罪人らしく後ろ手に縛られていて、その縄尻を取っているのは定町廻《じょうまちまわ》り同心である。それに岡っ引き、下っ引きらが五、六人、ものものしくしたがっている。

まだ歳若い女は木綿《もめん》の粗衣を着て、島田髷《しまだまげ》に結ってはいるが、髪飾りはひとつもなく、また草履《ぞうり》はみすぼらしくすり切れていた。すらっとした背丈に、目鼻立ちの整った器量をしていても、女に化粧っけはまったくなく、その貌《かお》には生活の労苦と不幸の影が貼《は》りついているように見えた。

哀れな姿で引っ立てられていくその女を、小次郎にしては珍しく、茫然《ぼうぜん》と佇立《ちょりつ》し、目で追っている。

彼の疑問は、

(あの女はなぜ、おれの目を捉えて離さないのだ)

なのである。

そこは内神田須田町《うちかんだすだちょう》一丁目の大通りで、小次郎は湯島天神《ゆしまてんじん》に所用あっての帰りだった。

その日の小次郎は、白地に黒の霰《あられ》を散らせた小紋《こもん》を粋に着て、黒漆《くろうるし》の大刀の一本差である。髷は総髪に結い、後ろを垂れ髪にして束ねている。どこか軟弱な風姿《ふうし》のようだが、顔の彫りが深く、またその鋭《するど》い眼光がやわな感じをうち消している。

それは誰の目からも、奇妙で優雅な浪人に見えるのである。

女の一行が立ち去ったあと、小次郎はざわついて見送っている野次馬《やじうま》の群れへ近づいて行った。

「あの女は何をしたのだ」

小次郎に問いかけられた町人はびっくりしたようだったが、やがて小声で告げた。

「人を手にかけたそうですぜ。あんなふうに見えて、ふてえ阿魔《あま》じゃございやせんか」

（――違う）

小次郎が内心でつぶやいた。

（あの女は人殺しなどではない）

そう思ったが、むろん確信などはなく、ただ必死に何かを訴えた女の目に、小次郎は強い衝撃を受けたのだった。

二

小次郎が神田竪大工町《たてだいくちよう》の住居へ戻ってくると、女将《おかみ》の小夏《こなつ》がそのあとを追うようにし、冷たい麦湯《むぎゆ》を持って入ってきた。

「旦那《だんな》、お能はいかがでござんしたか」

小次郎に向き合って座ると、茶を出しながら小夏が言った。団扇《うちわ》で小次郎の方へ風を送っている。

小夏はしなやかな躰《からだ》つきで、女にしては上背《うわぜい》があり、鼻筋の通った瓜実顔《うりざねがお》に富《ふ》士額《じびたい》も美しく、また凜々《りり》しく秀でた男眉《おとこまゆ》を具《そな》え、気を張って生きている者特有の、烈々とした負けじ魂のようなものを感じさせる女だ。つまりはすこぶるつきの、江戸前のいい女なのである。

今日の小夏は、薄柿《うすがき》色の華やいだ小袖《こそで》を着ていた。

「うむ、よかったぞ」

小次郎はそれしか言わない。

湯島天神への所用というのは、拝殿で催《もよお》された能狂言を、小夏に勧められて見に行くことだったのだ。

南北朝《なんぼくちょう》の時代に成立した能の歴史は旧く、鎌倉《かまくら》時代にも盛行したこの芸能は、その後武家の式楽《しきがく》として定着した。

京の都で生まれ育った小次郎は、幼い頃から能舞台を見てきたのだが、優美で荘《そう》厳《ごん》でさえある京のそれに比べ、江戸の能はややきらびやかに過ぎ、衣装なども洗練されてはいるものの、どこか魂が入っていないように思えた。

（やはり古典芸能は京の都に限る）

そういう思いを新たにしたものだった。

しかし不満足かというと、あながちそうでもなく、それなりに堪能はしてきた。

小次郎は公家《くげ》の出で、万事に雅《みやび》なことを好み、またそれが身についてもいて、そういう男がこの江戸の町にいるのだから、一種独特の、一風変わった雰囲気を醸《かも》し出すのだ。だが公家の出であるということは、周囲の誰にも明かしてはいなかった。

「残念でした、あたしもご一緒しとうござんしたよ」

小夏が口を尖《とが》らせて言った。

小次郎と連れ立って外出をしたかったのだが、折悪しく家業の用事ができて、それで小夏は断念したのだ。

「よせよせ、おまえに能など似合うまい」

小次郎がからかうような口調で言った。

「あら、そんなことありませんよ。これでもお武家《ぶけ》様のお好みんなることには、とっても興味があるんですから」

「そうかな。おまえなら、能が始まったとたんに居眠りしそうだぞ」

「まあ、なんてひどいことを」

小夏が睨《にら》み、小次郎が失笑した。

小夏の家業というのは、江戸に一軒のみと定められた纏《まとい》屋なのである。

そもそも纏というものは、戦陣で大将のそばに立てた目印のことをいったのだが、世が泰平になるや、大名火消しや町火消しが火事場の目印としてそれを使うようになった。

享保《きょうほう》の頃、時の南町奉行大岡越前守《おおおかえちぜんのかみ》が、槍《やり》屋の石田治郎右衛門《いしだじろうえもん》なる者を召し出し、「江戸町火消しの纏作りは、向後《こうご》その方の所が一手に担うべきこと。他の者は許すまじ」という有難いご沙汰《さた》を下された。

大岡越前という人は町火消しいろは四十八組と、本所《ほんじょ》、深川《ふかがわ》十六組を作り、後世までも名奉行として名を残している。

それ以来、石田の家は江戸に一軒だけの、纏作りの専門店となったのである。それから代々世襲《せしゅう》として石田治郎右衛門を名乗り、文化《ぶんか》年間の今は三代目に当たる。場所も変わらず、八辻ケ原《やつじがはら》の南、神田竪大工町の目抜きである。

ところが三代目が若死《わかじに》してしまい、嫁の小夏は二十半ばにして若後家《わかごけ》となってしまったのだ。一時はしかるべき養子を迎えねばと、八方手を尽くしたこともあったが、なかなか眼鏡《めがね》に適った者が見つからず、その件は今でも頓挫《とんざ》したままになっている。

石田の家も終わりかと、口さがない世間は噂しているが、しかし気丈な小夏は女の細腕で纏屋を潰すまいと、後家の頑張りを通しているのだ。石田の家は旅籠《はたご》のような大きな家で、纏を作る八人の職人のほかに、番頭《ばんとう》もいれば女中もいる。

その石田の家の、母屋《おもや》と渡り廊下でつながった離れ座敷を、牙小次郎は去年の夏から借り受けて住んでいた。

離れは総檜造《そうひのきづく》りで十畳と八畳の二間に、広い土間が取ってある。

小次郎は風来坊《ふうらいぼう》よろしく、ある日ふらりといずこともなく現れ、小夏と意気を通じ合わせるや、離れに住みついたのである。

その際、小次郎はそれまで担いできた挟《はさ》み箱を無造作《むぞうさ》に小夏に託した。なかには千両もの小判がぎっしり詰まっていて、それで諸々、日常の賄《まかな》い一切を頼むと、小次郎は鷹揚《おうよう》に言ったものだ。

大抵のことには驚かない小夏も、これには仰天《ぎょうてん》したが、金に目が眩《くら》むこともなく、またその出どころなども詮索せず、何も言わずに引き受けたのだ。

勝気な小夏のことだから、小次郎に本心などはおくびにも出さないが、今まで一度も出会ったことのないこの風変わりな男に、封印をしたはずの女の何かが揺らいだような気がしたのである。

（小次郎さんて、なぜか気になる人なのよねえ）

小次郎が住みついてからというもの、彼から目が離せない小夏なのである。

「へいへい、まっぴらご免なすって」

そこへちょっとおどけた仕草《しぐさ》で、岡っ引きの三郎三《さぶろうざ》が離れへ入ってきた。

「まあ、紺屋町《こんやちょう》の親分」

小夏が面食らい、小次郎の表情を見ると、それとなく察しをつけて、

「またなんぞ事件の相談かえ」

「へえ、まあ、そんなところで」

三郎三が突っ立ったままでにやにやしているので、小夏は気を利かせ、「それじゃごゆっくり」と言って出て行った。

三郎三は紺屋町の三郎三と呼ばれ、十手捕縄《じってとりなわ》を預かる岡っ引きではあるが、親分と呼ぶには貫禄《かんろく》が不足していて、むしろ手下《てか》の下っ引きの方が似合っているような男だ。歳も二十代前半と若く、躰も小柄だから、親分としては駆け出しなのである。

しかしその威勢のよさと直情径行が売り物で、がむしゃらに犯科人《はんかにん》を追いつめ、これまでに幾《いく》つか手柄を立てて十手を預かるようになったのだ。異例の早い出世なので、本人も日頃からそのことを自慢している。顔つきはいつもやる気満々で、そ

れはまるで喧嘩《けんか》っ早《ぱや》い猿を思わせた。

三郎三はある事件を介して小次郎と知り合い、初めはつっぱりを見せたものだが、今では小次郎という男の不思議な魅力にすっかり魅《み》せられていた。

三

小次郎に対座すると、三郎三はすっと真顔になって、

「女の一件、調べてきやしたぜ」

と言った。

役人たちに連行されて行った女のことがどうにも気になり、小次郎は帰る道すがらに紺屋町へ立ち寄って、三郎三に女の罪状を調べさせたのだ。

「女の名めえはお福《ふく》といいやして、須田町二丁目の甚兵衛《じんべえ》長屋《ながや》に住んでおりやす。生業《なりわい》は子供の手遊び道具の行商でさ」

「堅気《かたぎ》の女なのだな」

「へえ」

「それで、お福は誰を殺したというのだ」

「おなじ町内の、お条《くめ》という金貸しの婆《ばあ》さんの首を絞めて殺した嫌疑《けんぎ》なんです」

「お福は借金をしていたのか」

「元金は二分《ぶ》二朱《しゅ》でしたが、利息が膨《ふく》らんで一両二分になっていたそうなんで」

「金貸しと揉《も》めていたのか」

「毎日のように催促されてたという話です」

「しかししがない行商では、なかなか払えまいな」

「そうなんです。そこでお条が夜は酌婦《しゃくふ》でもやって稼げと、お福に迫っていたとか」

「お福はそれを拒んでいたのだな」

「へえ、水商売はやりたくねえと」

「お福に家族は」

「独り者てえことになっておりやす。そういやあ、親兄弟の話は長屋の誰からも出なかったなあ」

「お条はどのような金貸しなのだ」

三郎三が唇をひん曲げて、

「へえ、あっしも気になって聞いて廻ったんですよ。そうしたら、まあ、仏《ほとけ》の悪口は言いたかありやせんがね、評判の悪い業突張《ごうつくば》りの婆さんなんでさ」

「しかしお福がしょっ引かれるには、それなりのわけがあろう」

「お粂が殺されたのはゆんべの五つ（八時）頃なんですが、その少し前にお福がお粂の家から青い顔でとび出してきたのを、見た奴がいるんです」

「その見出人《みいだしにん》（目撃者）というのは」

「宇之助《うのすけ》というお粂の伜《せがれ》ですよ」

「その伜は母親と一緒に暮らしていたのか」

「いいえ、別々です。なんでもお粂と宇之助は犬猿みてえに仲の悪い親子で、喧嘩が絶えなかったそうなんで」

「ふむ」

「旦那、いってえなんだってお福のことを。まさか知り合いじゃありやせんよね」

「しょっ引かれて行くところに出くわしただけだ。だがその時、お福は懸命に訴えるような目をおれに向けてきた。それが気になったので、おまえに調べて貰《もら》った」

「お福が下手人かどうかはわかりやせんが、たぶん助かる道はありやせんぜ」

「どうしてだ」

「手を廻して調べたところによると、お福の詮議《せんぎ》は北町の吟味方与力《ぎんみかたよりき》牛尾才兵衛《うしおさいべえ》様がなさるそうで。この御方《おかた》は泣く子も黙る鬼与力なんでさ。これまで牛尾様の詮議を受けて、罪を白状しなかった科人《とがにん》は一人もおりやせん」

牛尾才兵衛の詮議は、科人に対して容赦《ようしゃ》なく、冷徹で苛烈《かれつ》だから、つとに名高いのだと三郎三は言う。

「鬼与力か……」

小次郎が表情を引き締めた。

「ですから、こいつぁちょっと……旦那が下手《へた》な手出しをすると、痛くもねえ腹を探られてひでえ目に遭《あ》いやすぜ」

「……」

「旦那、聞いてるんですかい」

「お福は白だ、いや、そう思ってやりたい」

「ええっ」

「そういう前提で調べ直す」

「やめましょうよ、そういうこと。やるだけ無駄《むだ》ですって」

「おまえ、手を貸してくれるな」

「……」

三郎三がかくんと首を垂れた。

「否《いな》やを申すなら浮世の縁もこれまでだ。短いつき合いだったな、三郎三」

三郎三が慌てて、

「や、やりますよ、助《すけ》っ人《と》しますよ。だからそういう言い方は金輪際《こんりんざい》しねえで下せえ」

むきになって抗議する。

「ふふふ」

小次郎がうす笑いを漏《も》らした。

こうしていつも小次郎に手玉に取られるから、三郎三の立つ瀬はないのである。

四

科人の詮議は、まず受け持ちの吟味方与力の手によって綿密《めんみつ》な取り調べが行われる。

追捕《ついぶ》された科人、あるいは公事人《くじにん》たちは共に吟味方与力が逐一吟味し、奉行はその調べ書きを元に、前例に則《のっと》ってご沙汰を言い渡すことになっている。

人殺しや人に疵《きず》を負わせた者、盗み、喧嘩沙汰などの犯科から、商業上の争いや悶着《もんちゃく》の公事訴訟まで、すべて一緒くただから、吟味方与力は繁忙《はんぼう》をきわめる。ちなみに吟味方与力の定員は十人である。

犯科がらみの未決の科人は、一旦小伝馬町《こでんまちょう》牢屋敷へ入牢《じゅろう》させられ、取り調べのたびに奉行所へ護送される決まりだ。また取り調べが長引くようであれば、往復が面倒だから奉行所の仮牢に留め置き、そこから毎日呼び出しては詮議所で訊問《じんもん》にかけることになる。

詮議所は八畳二間で、これをぶち抜き、そこに吟味方与力、助役《じょやく》、下役《したやく》同心、書役《かきやく》同心らが居並び、科人は白洲《しらす》の筵《むしろ》の上に座って訊問を受ける。

南北両町奉行所には、詮議所が四つ、吟味所と称するおなじような役割の部屋がそれぞれ二つある。

定町廻り同心の作った調べ書きから目を上げて、吟味方与力の牛尾才兵衛は、縁《えん》の上より白洲に座った科人のお福にじっと目をやった。

お福は顔を上げてはいるが牛尾と目を合わせず、その態度は虚心《きょしん》にして自若《じじゃく》のように見受けられた。罪を犯した者特有の、怯《おび》えや動揺はその表情からは窺《うかが》えない。

最初からお福は牢屋敷には送られず、北町奉行所の仮牢に留め置かれていた。女の科人には、こういう場合もあるのである。

今日が詮議の初日だった。

「内神田須田町二丁目甚兵衛店《だな》、福に相違ないな」

低く、抑揚《よくよう》のない声で牛尾が言った。

牛尾は三十半ばと思われるが、それよりも老けて見え、角張った顔に眉あくまで濃く、何人《なんぴと》をも射貫《いぬ》くような鋭い眼力は、長年吟味方で生きてきた者らしい威圧感があった。

「左様相違ございません」

お福が殊勝《しゅしょう》げに答え、そこで初めて牛尾と目を合わせた。

すると牛尾の内面に微《かす》かな揺れが生じた。

一見、楚々《そそ》として弱々しいようだが、お福の目には強いものがあった。それは余人の立ち入りを拒むような、梃子《てこ》でも動かない強固な意志を感じさせた。

(これは手こずるな)

経験から牛尾はそれを直感し、負けてはならじ、と思った。

「その方、何ゆえ人を殺《あや》めたのだ」

ずばり言ってみた。

はったりをかまし、すばやくお福の反応を探る。

尋常《じんじょう》な科人であれば必死で抗弁するところだが、お福はその奇策にも乗らなかった。

「あたしは人を手にかけてはおりません」

落ち着いた静かな声だ。

「では何ゆえ粂の家へ参った」

「あの日は利息を持って行っただけでございます」

「しかるに粂の伜宇之助の証言によれば、その方が粂の家より血相を変えて出てきたとあるが」

「そんなことはございません。宇之助さんの見誤りです」

「しかしな、福」

そこで牛尾は口調をやわらげると、

「その方が帰ったあとで宇之助が家へ入ると、粂は変わり果てた姿になっていた。その方が疑《うたぐ》られて当然ではないか」

「いいえ、あたしが行った時はお粂さんは生きておりました。骸《むくろ》を見て驚いて出てきたのではございません。あたしは決して下手人ではないのです」

「では誰の仕業《しわざ》だ。宇之助が実の母親を殺したとでも申すのか」

「そうは言っておりません。ともかくあたしは何も知らないんです」

「うむ……」

牛尾が唸《うな》った。

お福の答弁はよどみがなく、嘘を言っているとは思えなかった。訊問の浅い段階で、牛尾はすでに行き詰まりを感じていた。

「では改めてその方に問う」

方向転換を図った。

「その方、人別《にんべつ》には親兄弟すでに亡《な》しとあるが、これはどうしたことだ。これまでの経緯を述べてみよ」

「経緯でございますか……」

お福が言葉に詰まった。

「どうした」

「どうしても言わなくてはいけませんか」

「わしが問うているのだ。包み隠さず申せ」

「……」

「言えぬ事情でもあるのか」

「ええ、そのう……あまりに辛《つら》過ぎて……」

お福が表情を歪《ゆが》め、視線を落とした。

「昔に何があったのだ」

「……」

「これ、福」

ためらいの目をさまよわせていたお福が、やがて決意の目を上げて、

「申し上げます」

と言った。

「うむ」

「あたしの実家は、浅草福井町《あさくさふくいちょう》で雛人形《ひなにんぎょう》手遊び問屋をやっておりました」

「わかっている。屋号は京町屋《きょうまちや》、父源七《げんしち》、母とき、長男三九郎《さんくろう》、と人別にもある」

「三九郎兄さんには花《はな》と申す嫁がおり、太吉《たきち》という三つになる子もおりました」

「それで」

「五年前、あたしが十八になった時でございます。ある晩賊《ぞく》が押し入り、家族と奉

公人が皆殺しにされました」

「なんと」

牛尾が驚きの目を剝《む》いた。

「あたしは親類の家に泊まりに行っておりまして、難を逃れました。次の日になって帰ってみたら大変なことになっていて、あたしはその日に身内を一人残らず亡くしちまったんでございます」

「……………」

予想外のことに、牛尾は絶句した。お福を見る目が変わってきた。

「人別にそのこと、一切触れておらんが」

「それは……事件のことはお奉行所にある台帳に載《の》ってると思いますから、そっちをお調べになって下さい」

「う、うむ……」

お福の言う通りだから、牛尾は犯科録を調べてみるつもりになったが、どうにも分《ぶ》の悪さを感じていた。

「賊の正体はわかっているのか」

「いいえ、聞かされておりません。捕まらないままに、歳月だけが過ぎました」

一瞬だが、お福の目に怨念《おんねん》が滾《たぎ》ったように見えた。賊を捕えられなかった奉行所の落ち度を、責められているような気もした。

牛尾は溜息《ためいき》を吐くと、

「して、それからその方はどうしたのだ」

「一人で生きて行くしか道はございません」

「それで手遊びの売り商《あきな》いを、生業とするようになったのだな」

「はい、左様で。うちとつき合いのあった同業の人が親切に助け船を出してくれまして、あたしに手遊び道具を安く卸《おろ》して下さるんです。それを売り歩きまして、細々と食いつないでおります」

「その方、二十三とひとかどの歳であるが、言い交わしたような者はおらんのか」

「そんな人はおりません」

お福の身辺から、確かに男の匂いは感じられなかった。

「粂より元金二分二朱の借金をしておるが、それはなんのための借金だ」

「仕入れの金が不足したり、暮らしの助けに借りました」

「粂の催促は過酷《かこく》であったようだな」

「はい、容赦なく取り立てる人でした。一日、目一杯売り歩いて、少しばかり売れても利息にほとんど持っていかれ、手許にはわずかな銭しか残らない毎日でございます。それで返す一方でまた借りまして、元金が増えていったんです」

「福、有体《ありてい》に申せ。粂を殺したのか」

牛尾が射るような目で再び言った。

するとお福は、

「いいえ、神に誓ってそんなことはしておりません」

揺るぎのない強い意志のある目で、きっぱりと言い切ったのである。

五

畳を一枚上げ、宇之助が床下に潜《もぐ》ると、骨壺はすぐに見つかった。

宇之助が思わず、「うおっ」と歓喜の呻《うめ》き声を漏らす。

「あったかい、おまえさん」

女房《にょうぼう》のお稲《いね》が上から顔を覗《のぞ》かせた。

宇之助はそれへ向かってずっしり重い壺を掲《あ》げて見せ、床上へ這《は》い上がった。

お稲は宇之助から壺をぶん取ると、逸《はや》る手つきで蓋《ふた》をこじ開け、中身を畳の上にぶちまけた。

金、銀、銅の小判、丁銀《ちょうぎん》、豆板銀《まめいたぎん》、二朱金《にしゅきん》、銭など、ありとあらゆる通貨がたちまち山積みとなった。それらは下層階級の手を経てきたものらしく、輝きはなく、すべて黒ずんでいた。その黒ずみはどす黒くもあり、怨《うら》みの色にも見えた。

「しっかり貯めこんでいたんだねえ、あんたのおっ母さん」

「へん、金貸しだから当たりめえだろうが」

死んだ金貸しお条は、骨壺に金を貯めこんでいたのだ。

「おい、おれの目は節穴《ふしあな》じゃねえぞ。ちょろまかしたら承知しねえからな」

そう茶化《ちゃか》しておきながら、宇之助は煙草盆《たばこぼん》を引き寄せ、煙管《キセル》に葉を詰めて火をつけた。そうして実にうまそうに煙管を吸って吐き出し、紫煙の流れる先をうっとりとした目で追いながら、すっかり明るくなった未来に様々な思いを馳《は》せている。

お稲の方は金の上に覆い被《かぶ》さるようにし、狂喜の目で銭勘定に没頭《ぼっとう》している。

宇之助は三十前後のやや肥り気味《ぎみ》の男で、肉厚な顔は不細工《ぶさいく》きわまりないものだ。お稲の方も狐憑《きつねつ》きのような引きつった顔つきだから、夫婦揃《そろ》って人相がよくないのである。

その時、「ご免よ」と声あって格子戸《こうしど》が開けられ、三郎三が入ってきた。

「な、なんだ、誰でえ」

宇之助が慌てて目配せをし、お稲はすばやく金の山の上へ座布団《ざぶとん》を被せた。

しかし時すでに遅く、三郎三はその有様《ありさま》をしかと目に入れ、共にそれを見た小次郎の方へふり向いた。

夫婦を見る小次郎の目は冷たく、酷薄そのものだ。

「おいら、こういう者なんだ」

上がり框《かまち》にかけた三郎三が、腰から十手を抜いて夫婦に拝ませた。

小次郎は戸の内に立ったままでいる。

須田町二丁目のお粂の家は、六畳二間に土間を広く取った仕舞屋《しもたや》である。

「見かけねえが、どこの親分さんだね」

宇之助が不機嫌そうに言った。

「おいら、紺屋町の三郎三ってえんだ。知らねえかい」

「知らねえな。どうせ昨日今日の駆け出しだろう」

見られたくないところを見られたから、宇之助は怒っているようでつっけんどんだ。

三郎三はむっとなって目を尖らせたが、

「まっ、確かに駆け出しにゃ違えねえがな、今売り出し中のおいらのことは覚えといた方がいいぜ」

「なんの用なんだ、何しにきたんだよ」

宇之助が声を荒らげ、反撥《はんぱつ》する目の三郎三と睨み合った。

「上がらせて貰うぞ」

小次郎が言ってずいっと上がり、夫婦の間に座った。

それに宇之助がおたついて、

「ご浪人さんはどなたさんですか。勝手に上がって貰っちゃ困りますね」

文句を言われても、小次郎は意に介さず、

「お条のとむらいは挙げぬそうだな。下谷《したや》の蓮華寺《れんげじ》に一切を頼んで、今宵《こよい》火葬にしてしまうと聞いたぞ」

宇之助が驚愕《きょうがく》して、

「ど、どうしてそんなことまで……とむらいをやらねえわけは、おれもおっ母さんもほかに身寄りがねえからですよ。誰もこねえのにやったってしょうがねえでしょう」

「だが今宵の火葬は延期だ」

「こっちでな、改めて検屍《けんし》をすることになったのだ」

「なんですって」

「そんなことされてたまるかよ」

宇之助が険悪な表情になり、お稲と見交わした。

「調べられてまずいことでもあるのかい」

すかさず三郎三が切り込んだ。

宇之助は烈《はげ》しく目を泳がせ、

「まずいことなんてあるわけが……」

つぶやくように言い、懸命に動揺を抑《おさ》えながら、

「三郎三の親分さん、これはどういうことなんだね。おっ母さんの死になんぞ不審でもあるってのかい」

「そうさ。不審があるから調べるんだよ。つまり本当の下手人を知りてえのさ」

三郎三は探る目で宇之助を見ている。

「何を言ってるんだ。本当の下手人はお福って女で、北の御番所に捕まって詮議を受けてるじゃねえか。妙な言いがかりはよしにして貰いてえな」

「そこんところをな、おめえの口から聞きてえのさ」

三郎三が身を乗り出して、

「おめえがこの家へきたら、お福が青い顔でなかから出てきて立ち去った。そうだな」

「ああ、その通りだ。それでおれが変に思って家へ入ると、おっ母さんが冷たくなっていた。だからお福以外、下手人は考えられねえんだよ。おれを疑るなんてとんでもねえ話だぞ。実の母親を手にかけてどうするんだ」

息巻く宇之助を、小次郎は横目で見ながら、

「おまえは職を持ってないそうだな」

「生業は母親の手伝いですよ。取り立てをやっておっ母さんから月々金を貰ってたんだ。仕事はこれからそっくり引き継ぐつもりでいますぜ」

宇之助が猛々《たけだけ》しく言うと、小次郎は鼻で笑って、

「しかし親子仲も悪かったと聞くぞ」

「ふん、そんなことは……どこの世間にもあることだろうが。だからなんだってえんだ」

「おまえが取り立てた金をごまかすので、そのことでお粂はいつも怒っていた。諍《いさか》いが絶えぬということは、おまえの気持ちもさぞ不安であったろう。殺してや

りたいと思ったこともあったかもしれん」

「誓って言うよ、おれはやってねえ。当て推量でものを言わねえでくれ」

宇之助が憤怒《ふんぬ》の目で小次郎を睨んだ。

するとお稲が初めて口を開いて、

「うちの人にありもしない疑いをかけるのはやめとくれ。この人は他人様《ひとさま》から白い目で見られるようなことは何もしちゃいないんだからね」

狐憑きのような怕《こわ》い目で二人を見据えた。

苦々しくも、宇之助を責める材料がほかにないから、小次郎としてはそれ以上追及できなかった。

しかし、ともかく池に石を投げて波紋《はもん》を広げたことは確かだった。

六

ところがその夜、事態は思わぬなりゆきとなった。

下谷の蓮華寺には、南町奉行所定町廻り同心の田ノ内伊織《たのうちいおり》が話を通し、再度お条の検屍をしたいと申し出て、住職の許しを得た。

お粂の事件は月番の北町の掛りだったし、それを南町が再吟味するということは、本来ありうべからざることであった。これが表沙汰になれば大問題なのである。

しかし田ノ内は老獪《ろうかい》だし、長い同心人生の昔にもこんなことは幾つも経験してきているから、動ずることもなく、堂々と住職に交渉したものだ。その交渉も本来なら支配違いであり、まずは奉行より寺社方《じしやかた》を通してということになるが、そういう面倒な手続きは金で解決させた。

お布施《ふせ》という名目で、田ノ内が住職に金をつかませたのだ。

その金の出どころは、むろん小次郎である。

田ノ内は三郎三を抱えている立場で、小次郎とも気脈《きみやく》を通じ合わせているのだ。

やがて夜更けて庫裡《くり》で待つ小次郎の許《もと》へ、田ノ内伊織が町医者の玄庵《げんあん》という中年の男を伴《ともな》ってやってきた。そのしんがりには三郎三の姿もある。

これも正規の検屍であるなら、奉行所抱えの医師に頼むところだが、何分事は隠《おん》密《みつ》に運ばねばならず、田ノ内が知り合いの玄庵に意を含ませて検屍を依頼したのだ。

その費用も、おなじ小次郎のふところである。

このようにしてひとたび事件に首を突っ込むや、牙小次郎という男は必要な金は惜しげもなく使うのである。それもこれも千両という大金を挟み箱に入れ、ふらりと江戸へ現れたこの風来坊の不思議であった。

「牙殿、お待たせした。では参ろうかの」

鶴《つる》のように痩《や》せ、老いて落魄《らくはく》の風情《ふぜい》を漂《ただよ》わせた田ノ内が、小次郎をうながした。

頭髪はほとんどなくなり、申し訳のように細い髷を結っている。だが表情のどこかに愛嬌《あいきょう》があり、田ノ内は憎めない好々爺《こうこうや》なのだ。

四人で庫裡を出て、骸の納められた裏手のお堂へ向かった。

三郎三が先導して足許を提灯《ちょうちん》で照らして行く。

境内《けいだい》は真っ暗でほかに人けもなく、樹木が風に騒いでいるだけだ。お堂は墓場を抜けた向こうにあるから、提灯の灯《ひ》がまるで鬼火のように感じられた。

あまりの不気味さに、三郎三がぶるっとなって襟許《えりもと》を掻《か》き合わせた。

お堂の板敷の間に、しなびた老婆の骸が薄い布団の上に横たえられていた。

お粂は口を開け、目は見開いたままだ。

「では検屍を始めます」

玄庵が粛然《しゅくぜん》とした声で言い、小次郎に会釈《えしゃく》して骸を改め始めた。

小次郎と田ノ内は少し離れた場所に座り、玄庵のやることを見守っている。

玄庵はお粂の眼球を調べ、耳のなかに指を差し入れ、口中を覗いて舌に触り、首の辺りを念入りに調べる。衣類の胸許を広げると、お粂の痩せた乳房がぺたんとあばらの上に張りついていた。さらに下肢《かし》も調べ、骸の躰を反転させて尻や背中にもつぶさに見入る。

全体にお粂の躰は肉が薄く、平べったい感じだ。

検屍の間、玄庵の動きに合わせて三郎三が蠟燭《ろうそく》の灯を照らし、手許がよく見えるようにしている。

お堂の外では強い夜風が吹いて、扉を叩いている。むっとするような湿気の多い晩だった。

やがて検屍を終えた玄庵が、低い声で説明を始めた。

「あらかたは北町の検屍通りですな。この仏さんは勒死《ろくし》に相違ありませんよ」

この当時、絞殺のことを勒死というのだ。

「口を開け、目を見開いているのが何よりの証左《しょうさ》です。首に前から絞めた跡が残っておりまして、後ろからではなく、向き合って絞めたものかと。仏は小柄ですから、大抵の男なら難なく絞められましょう。あるいは……」

そこで玄庵が言い淀《よど》んだ。

「あるいは？」

小次郎が問い返した。

「下手人が女だとすれば、よほど深い怨みを持っていたということになります」

「怨み……」

小次郎がひとりごちる。

「はあ、そうとしか思えぬ節が……下手人は紐や手拭《てぬぐ》いではなく、両の手で絞めたようでして、親指で強く押した所が陥没《かんぼつ》しているんです。つまり首の骨が折れているのですな。死亡の刻限も、伜宇之助の証言通りに昨夜の五つ以降と思われます」

玄庵は再び骸の上肢に戻り、お条を万歳《ばんざい》させて両の腋《わき》の下に顔を寄せて調べていたが、そこで奇異な目になった。

「むむ？」

不審な声を発する玄庵を、三人が注視した。

「これをご覧下さい」

玄庵に言われ、三人が一斉に身を寄せた。

すると玄庵は、お条の右腕の腋毛を掻き分け、ある一点を指した。

そこに小さな女郎蜘蛛《じょろうぐも》が這っていた。

「隠し彫りですよ」

「隠し彫り……」

玄庵の言葉に、小次郎が目を険しくする。

「誰にも気づかれない所にこうして入れ墨を彫ったのです。女郎蜘蛛など不吉だから、彫物としては忌み嫌われるはずなんですが。この仏はいったい誰のために彫ったものか……まあしかし、鼻筋の通った顔立ちですから、今はこうしてしなびてしまっても、仏さん、若い頃は男を狂わせたのかもしれませんな」

何を思ってか玄庵は忍びやかに笑ったが、三人が押し黙っているので、すぐに真顔に戻った。

三郎三が首をひねって、

「妙じゃねえですか。一介の金貸し婆さんがこんな彫物をしてるなんて、聞いたことありやせんぜ」

三人の視線が交錯《こうさく》した。

「牙殿」

小次郎が目を向けると、田ノ内が高揚した様子を見せて、

「その昔に、女郎蜘蛛という通り名を持つ盗《ぬす》っ人《と》一味がおりましたぞ。しかも首魁《しゅかい》は女という噂でござった」

小次郎がきらっと田ノ内を見た。

「田ノ内様、そりゃ本当ですかい」

三郎三が言い、今までと違った目でお粂の死顔に見入った。

「お粂は只《ただ》の金貸しではないのかもしれませんな」

田ノ内が含みを持たせた言い方をした。

「……」

思わぬなりゆきに、小次郎の目も光を帯《お》びてきた。

七

五年前、京町屋押し込みの件を詮議したのは、古参格の伊藤敬四郎《いとうけいしろう》という定町廻り同心であった。

吟味方与力の牛尾才兵衛がその伊藤を呼び出し、朝から奉行所内の一室で訊問している。

伊藤は当時の犯科録を持参していて、まずは事件当夜の説明から始めた。

「かかる一件は、五年前の八月十日のことにございます。夜の四つ（十時）を過ぎる頃に浅草福井町一丁目、雛人形手遊び問屋京町屋方に五人の賊が押し入り、家人ことごとくを殺戮《さつりく》したるのち、金五百両余を奪って逃亡致しました。その折、騒ぎに気づいた近くの藩邸より、藩士数名が出でて一味を追いましたが、柳橋《やなぎばし》辺りで見失ったとあります。尚、藩士の方々の証言によりますれば、賊はいずれも黒装《くろしょう》束《ぞく》に覆面《ふくめん》を致し、面体定かならずということでございました。ちなみにその藩邸とは、出羽久保田《でわくぼた》藩にございまする」

伊藤は四角四面の気性《きしょう》らしく、その口調はしゃっちょこばって硬い。

牛尾がおもむろに口を開き、

「して、賊の正体はわかったのか。それだけの大それた兇状《きょうじょう》を働くのだ、さぞ悪名高い一味であろう」

「それは探索により、判明致しております。賊の正体は女郎蜘蛛ではないかと」

牛尾がぽんと膝《ひざ》を叩き、

「女郎蜘蛛の一味ならわしも聞き及んでおるぞ。しかし一味の名は絶えて久しいではないか」

「五年前の京町屋の一件以来、押し込みは致しておりません」

「雲を霞《かすみ》と逃げ去ったということか」

「盗っ人どもの場合、ある時期徒党を組んで兇状を働き、やがて袂《たもと》を分かつことはよくあることでございます」

「手がかりはなかったのか」

「当時、盗っ人仲間を追及致しましても、女郎蜘蛛のことは何も漏れ聞こえて参りませんでした」

「そうか」

そう言ったあと、牛尾はふっと気になる面持《おもも》ちになり、

「その頃、福はどうしていた。賊のことを聞きにこなかったか」

「毎日のように拙宅《せったく》に足を運びまして、賊のことを聞かせてくれと。お福の気持ちはよくわかりましたが、詮議の内容を教えるわけには参りません。ですから女郎蜘蛛の名は明かしてないのです」

「では諦《あきら》めたのか、福は」

「さあ……それから一年ほど経《た》ち、浅草を引き払って神田の方へ転宅すると伝えに参りました。もうその時にはお福は賊のことに触れず、ひとりで生きてゆかねばならぬゆえ大変だと、それがしに申しておりました。会ったのはそれが最後でございます」

そこで言葉を切り、伊藤は面妖《めんよう》な表情になって、

「しかしどう考えても、おかしなことがあるのです」

「どうした」

「お福は京町屋にしばらくひとりで住んでおりましたが、そこを処分して家を出たのでございます。その際、店は場所がよかったので高く売れ、結構な金子《きんす》を手にしているはずなのです。それが神田の裏店に住み、手遊びの行商をしているというのが解《げ》せんのです。お福が男や博奕《ばくち》にはまったのならともかく、尋常な娘ですから金は持っているものと。ましてやそのお福が、金貸しのお粂から借金をしていたなどと、信じられんのでございます」

「……………」

「妙だとは思いませんか、牛尾様」

牛尾は内心でなにがしかの手応えを感じつつも、伊藤の視線を避けるようにして、

「そういうことはわしにはわからんな。それより盗賊のことに詳しい男はおらんか」

「それならば一人、それがしの手下にて、文次《ぶんじ》なる者が盗賊のことに通じております」

「おお、ではその者、直《ただ》ちに呼んでくれ。女郎蜘蛛のことを聞きたい」

「はっ」

一礼したあと、伊藤は牛尾の表情をおずおずと窺いながら、

「ところで牛尾様、お条殺しはお福が下手人とお考えで」

「いや、まだ何もわからん」

「では何ゆえ五年前の件をお尋ねに」

「福の昔を知っておきたいと思ったのだ。身内を皆殺しにされた福という女が、いかにして生きて参り、どのような心づもりでいるのか、それが知りたかった」

「賊のことは相当怨んでいるようでございましたな。それは無理もないことですが」

「その方はどう思う。福は下手人か、あるいは……」

「はて、これぱかりはなんとも……ここだけの話でございますが、できればお福が下手人であってほしくないと、そう願っておりますぞ。宇之助が怪しいとは思いませぬか」

牛尾が失笑を漏らし、

「思わぬでもないが、さりとてむりやり宇之助に罪を被せるわけにも参るまい。わ

しが避けたいのは濡れ衣なのだ。それだけはな、あってはならんことだ」

「ですが、牛尾様……」

「もうよい、その方とここで当て推量をしていても始まらん。その文次とやらをはよう呼んで参れ」

「畏《かしこ》まりました」

伊藤敬四郎が下がると、牛尾は冷めた茶で喉を潤し、

「福め……やはり隠し事を……」

含みのある声でつぶやいた。

八

越前堀《えちぜんぼり》の河岸《かし》を南へ、先に立って歩く田ノ内伊織の後ろから、五十過ぎの男が重い足取りでついてきていた。

男は常吉《つねきち》という元盗っ人で、渋々《しぶしぶ》したがっているから、ともすれば今にも引き返しそうだ。

「旦那、縁を切ってくれたんじゃねえんですかい。あっしは十年このかた、素《す》っ堅《かた》

気に暮らしてるんですぜ。まっとうに植木職をやって、遅まきながら所帯も持ってうまくいってるとこなんだ。こうやって八丁堀《はっちょうぼり》の旦那と歩いてるとこを、誰かに見られたらまずいんですよ」

「おまえの迷惑はよくわかっておる」

田ノ内の方は、どこ吹く風といったのん気な風情だ。

「だったら勘弁《かんべん》して下せえよ。昔のことなんて、もうほとんど憶《おぼ》えてねえんですから」

「苦労したのだ、おまえに辿り着くまで」

「いってえ何をお調べんなってるんで」

「女郎蜘蛛のことだ」

常吉の足がぴたっと止まった。

「牢屋敷まで足を運び、盗っ人どもを呼び出して一味のことを聞き込んだ。それでようやくおまえの名が出てきた。おまえとは古馴染《ふるなじ》みだが、女郎蜘蛛のことは知らなかったぞ」

そこで田ノ内が常吉にふり返り、

「つき合いがあったのであろう」

「待って下せえ、あっしはあの一味と手を組んだことなんて只の一度もねえんです
ぜ」

「それもわかっている。しかしおまえは頭目の情夫《じょうふ》だったそうではないか。この
色男め」

田ノ内が揶揄《やゆ》する。

常吉が腐って、

「冗談じゃねえ、よして下せえよ。もうひと昔も前のことじゃねえですか」

「そのひと昔前の話をな、聞きたがっているお人がいる」

「えっ、そりゃどこの誰なんで……」

その時、茶店の葦簀《よしず》の陰から小次郎が姿を現した。

常吉が小次郎を見て、怖れを抱く。

「なんなんですか、あのご浪人は」

小声で田ノ内に聞いた。

「牙小次郎殿だ。いいからついて参れ」

やがて茶店の奥の小上がりで、小次郎、田ノ内、常吉は向き合って座った。

店主には、差し控えるように田ノ内が話を通していた。

「女郎蜘蛛の正体が知りたい」

　小次郎が言って、常吉の前に無造作に小判一枚を放った。

　常吉は驚きの目で小次郎を見て、それから小判にじっと視線を注ぎ、ためらっている。

「どうした、受け取れ。金はいくらあっても邪魔《じゃま》にはなるまい」

「へ、へえ……」

　常吉がごくりと生唾《なまつば》を呑《の》んだ。

　田ノ内には文句たらたらだったが、小次郎の前では殊勝げである。

「何をお話しすればよろしいんで」

「まず女郎蜘蛛の名と歳だ」

「へえ」

　常吉はすばやく小判をふところに納めて、

「奴は幾つもの名めえを持ってやしたが、本名はお吉《きち》っていいやす。歳はあっしより八つ上でしたから、今なら六十ってことに」

「どんな女だ」

「そりゃもう、気性の荒い凄《すさ》まじい女でしたよ。同業にゃ違えねえんですが、あっしなんか足下にも及びやせん」

「その頃の手下どもはどうした」

「さあ、とっくに散り散りになっておりやすからねえ、今はどうしているのか。手下どものことはよく知らねえんです。あっしはもっぱら、お吉の伽《とぎ》を仰《おお》せつかってただけなもんで」

この男には似合わないはにかみを浮かべ、

「それだけのつき合いですから、女郎蜘蛛がどこに押し入って、どんな非道を重ねてたかなんてことは、知らん顔を決めこんでたんでさ。あっしもあの頃は若かったんで、何も考えちゃおりやせんでしたよ」

「お吉に伜はいるか」

「伜？　……いえ、そんな話は聞いたことがありやせんね。隠し子の一人でもいれば、枕を濡らすことだってあったはずですから」

「では宇之助という名に聞き覚えはないか」

「宇之助……ああ、そいつぁ手下の名めえですよ。確かにそういう奴はおりやした。一度だけ使いできたのを、お吉が上げて三人で酒を飲んだことがありやす」

「では宇之助の人相を聞かせてくれ」

「顔がでかくて、不細工な野郎《やろう》でしたよ。けどお吉はそいつのことを一番信用してるみてえで、可愛がってました。あれはあっしが足を洗う十年前ですから、宇之助は当時二十を出たばかりだったと思いやす」

田ノ内が割って入り、

「おまえとお吉が切れたのはいつのことだ。やはり十年前か」

「へえ、そんなところで。その後も女郎蜘蛛の名めえは耳にしやしたが、あっしにゃもう関わりねえことなんで、なんとも思わねえようにしておりやした。このところ兇状を聞きやせんから、たぶんつとめはやめたんじゃねえんですかい」

常吉はお吉が金貸しお粂となり、そして殺されたことは知らされないでいた。

「もうひとつ聞かせてくれ」

小次郎が言った。

「へえ、なんなりと」

「お吉の右腋の下に入れ墨はなかったか」

常吉がにやりとして、

「ござんしたよ。ちいせえ女郎蜘蛛が彫ってありやした。なんでも大昔に言い交わした男がいて、そいつのために彫ったんだそうで」

それで常吉は解放してやったが、小次郎と田ノ内はその場に留まったままで、

「牙殿、やはりお粂はとんでもない女でしたな。女郎蜘蛛の首魁だったのです」

小次郎が深い目でうなずき、

「しかも伜と称していた宇之助は、手下の一人だった。世間をたばかっていたのです。いや、以前は今の常吉とおなじ情夫だったのでしょう」

「それが京町屋の押し込みを最後に足を洗い、町の金貸しになってぬくぬくと暮らしておった。金貸しの元手は血の雨降らせて盗んだ金でしょうな。いやいや、こいつは一杯食わされました」

そして田ノ内はぐっと小次郎に顔を寄せると、

「ではお粂を殺した下手人は……お福か、宇之助か……」

小次郎はそれには答えず、黙《もく》したままだ。

九

格子戸に手をかけると、家のなかからお稲の啜《すす》り泣く声がした。

小次郎が三郎三に見返り、戸を開けてなかへ入ると、座敷にへたりこんだお稲の

姿が見えた。

そこはお粂の家とは、目と鼻の距離にある宇之助の家だ。

二人して上がって行くと、お稲は驚いた顔を向け、それから着物の袖で慌てたように泪《なみだ》を拭《ぬぐ》った。

「おう、宇之助はどこ行った。何かあったのかい」

三郎三が問うた。

「ちょっと前に、見たこともない男が三人で踏み込んできたんです」

「それで」

お稲はしゃくり上げながら話すので、三郎三がじりついてその先をうながす。

「男たちはうちの人を表へ連れ出して何やら話しこんでたと思ったら、うちの人が青い顔で戻ってきて、ちょっと出てくると言って骨壺を持って……」

「行っちまったのかい」

「へえ」

「骨壺ってな、お粂の貯めこんだ金のへえった、例のあれのことだな」

さらに三郎三だ。

「そうです」

　そこで小次郎が身を乗り出して、

「おまえは宇之助と一緒になって何年だ」

「四年になります」

「四年……知り合う前の宇之助のことは知っているのか」

「いいえ、よく知りません。うちの人もあまり昔のことは喋《しゃべ》らないもんですから。小川町《おがわまち》の料理屋であたしが女中をやって働いてましたら、そこへよくくるうちの人と知り合ったんです。所帯を持つことになって、あたしはお粂さんと一緒でも構わないって言ったんですけど、うちの人がどうしても別に暮らした方がいいって。それでおなじ町内にこうして家を借りて住むことに」

　昔話をするうちに何かを思い出したのか、お稲がはっとなって落ち着きを失った。

「三人の男に見覚えはないのか」

　小次郎の問いかけに、お稲は狐憑きのような顔を上げて、

「そういえば、一度だけ」

「どうした」

「小川町の店《たな》にうちの人が男を連れてきたことがあるんです。その時の男が、今の三人のなかにいたような気が……」

小次郎はすっとさり気なく三郎三と視線を交わして、

「三人の人相、風体は」

「無宿者《むしゅくもの》みたいな、なんだか怕い感じの人たちでした」

そう言うと、お稲は切迫《せっぱく》した表情になり、

「うちの人、大丈夫なんでしょうか。どうして有り金を持ってったんでしょうか。もしかして、あたしは置いてきぼりにされたんですか」

そのお稲をなだめておき、三郎三は先に出て行く小次郎のあとを追った。

そうして肩を並べて歩きながら、

「旦那、押しかけた三人てのは、女郎蜘蛛の残党じゃねえんですか」

「おれもそう思う。三人はお条の死を耳にして、宇之助に金を寄こせと談判にでもきたんだろう。あの女房はお条と宇之助を、本当の親子だと思っていたようだ」

「あっちこっちに触《ふ》れを廻して、四人を探してみやすぜ」

「そうしてくれ」

三郎三が急いで去り、歩き出した小次郎が気配を感じてさっとふり向いた。

物陰からこっちを見ていた色黒の中年男が、慌てて視線を逸《そ》らし、逃げるように立ち去った。

っていた。

「……」

小次郎は再び歩き出したが、すでにその男がどこかの御用聞きであることを見破

十

奉行所の詮議所で、牛尾才兵衛がお福を訊問していた。

以前とおなじに牛尾が縁に出て、お福は白洲の筵の上に座っている。

「福、今日はその方の実家であった京町屋のことを尋ねたい」

「はい」

お福の顔つきが、心なしか引き締まったように見えた。

「事件後、その方は誰もいなくなった京町屋に一人で住んでいたのだな」

「はい」

「それからしばらくして、浅草福井町から内神田須田町の甚兵衛店へ移転した」

「その通りでございます」

「店は幾らで売れた」

お福の表情が強張《こわば》った。

「福井町の目抜きのよい場所に店はあった。わしも念のために見に行ったが、今は京漬物屋となり、繁昌《はんじょう》しておったぞ」

「………」

「福、答えぬか。店を売って幾らの金子を得たのだ」

「そのこと、答えなくてはいけませんか。あたしの詮議とは関わりのないことと思いますけど」

それには答えず、牛尾は黙ってじっとお福を見ている。

お福はしだいに息苦しさを覚えてきて、

「まともに売れば百両以上の値《あたい》ですけど、災いのあった家ですから、当然のことながら買い叩かれました」

「幾らだ」

「………」

「幾らなのだ、福」

「三十両でございます」

「そのような大金を手にしていながら、その方は何ゆえ粂から借金をしたのだ。おかしいではないか」

「…………」

「これ、有体に申さねば痛い目を見ることになるぞ」

「…………」

「福、わしを怒らせる気か」

「…………」

お福は頑強《がんきょう》に押し黙り、唇を引き結んでいる。

牛尾はその様子を窺いながら、しかしそれ以上は追及せず、

「ではその方、京町屋に押し込んだ賊の正体を知っておるか」

「いえ、それは……掛り同心の伊藤様に何度もお尋ねしましたが、教えてくれませんでした」

お福が目を伏せて答える。

「その方、女郎蜘蛛と申す盗賊の名を聞いたことはないか」

「知りません」

否定はするが、お福の内面は烈しく揺れているようだ。

「ではよいことを教えてやろう。京町屋押し込みは、その女郎蜘蛛の一味の仕業だったのだ」

「……」

「一味は京町屋の押し込みを最後に離散している。その首魁は女で、足を洗って金貸しとなった。それが殺された粂なのだ」

「……」

お福は心を凍結させたかのように、凝然《ぎょうぜん》として、微動だにしない。

「もうひとつ教えてやる。粂と宇之助は親子などではなく、盗っ人の頭と手下の関係であった。そのこと、知っていたか」

「ええっ……」

お福が愕然《がくぜん》となり、狼狽《ろうばい》している。偽《にせ》の親子だったことは知らなかったようだ。

「福、その方は一人でそれだけのことを調べ上げ、金がありながら粂に借金をして近づいた。そして機会を窺い、身内の仇討《あだうち》をしたのだ。それに相違あるまい」

「いいえ」

「否やを申すか」

「あたしは何も知りません。仇討もしておりません」

「この期《ご》に及んで見苦しいぞ、福」

「やってないことは申し上げようもございません」

「では重ねて聞く。三十両もの金を持っていながら、なぜ借金をした」

「そ、そのことは……大事にしたかったんです。お父《と》っつぁんの遺《のこ》した金子を、暮らしになんぞ使いたくなかったんです」

苦しい言い訳だった。

するとそれもまた牛尾は追及せず、

「もうよいぞ」

「えっ」

「今日はこれまでだ」

「あ、あのう……」

お福が困惑の目になった。

牛尾が一方へうながし、控えていた小者《こもの》たちが寄ってきて、お福を仮牢へ連行して行った。

それを見送る牛尾の目に、勝ち誇ったような笑みが浮かんだ。

ここまで揺さぶりをかけておけば、あとは熟した木の実が自然に落ちるように、やがてお福はすべてを白状するに違いない。脅しや無理強い、拷問などは牛尾の好むところではなかった。

そこへ白洲に色黒の中年男が入ってきて、縁先に畏まった。

この男、宇之助の家の近くで小次郎を見ていた岡っ引きの文次である。

「牛尾様、首尾がよろしいようで」

文次が言った。

牛尾とお福の応答を、文次は控えて聞いていたのだ。

「うむ、その方のお蔭だ。材料が揃っていたから福を追い詰めることができた。一味のこと、よくぞ教えてくれたな」

「へい、お役に立てて。あっしも長えこと女郎蜘蛛のことを調べておりやして、その甲斐《かい》がございやしたよ」

そこで文次は口調を変えて、

「実はちょいとお知らせしてえことがございやす」

「申せ」

「宇之助が消えちまったんで」

「なんと」

「仲間の三人がきて、連れ去られるみてえにしてどっかへ行っちまったんでさ。ひと足違えのとこだったんで、こんな悔しいことはござんせん」

「それはいかん、早速手配《てくば》りをしてひっ捕えるのだ」

「へい、そいつぁもう伊藤の旦那がお出張《でば》りんなっておりやすんで」

文次はひと息吐くと、

「それともうひとつ妙なことが……その宇之助を、あっしらとおなじように追いかけている浪人がおりやす」

「何者だ、それは」

「そいつは紺屋町の三郎三とつるんでおりやして、その線から探りを入れてみやしたら、浪人は竪大工町の纏屋の離れに間借りをしておりやした。近所で聞くと、牙小次郎と名乗っているそうなんで」

「牙小次郎……妙な名だな」

「それが気に食わねえことに、若え娘っ子の騒ぐような大層な色男でござんして、品もありやしてね、そこいらのむさ苦しい浪人とは大違えなんです」

「その者が何ゆえ宇之助を追っているのだ」

「わかりやせん。ちょっと呼びつけて叩いてみやしょうか」

「そんなことをしてはいかん。わかった、わしが直に会ってみよう」

十一

どん。

腰高障子《こしだかしょうじ》が乱暴に蹴りのけられた。

倒れるそれを踏んで、三郎三と三人の下っ引きが乱入した。

だが空家のなかはもぬけのからだ。

「畜生《ちくしょう》、一歩違えか」

三郎三が切歯《せっし》してつぶやき、見廻していたその目が一点に釘《くぎ》づけになった。

お粂の骨壺が赤茶《あかちゃ》けた畳の上に転がっていた。

「旦那っ」

三郎三に呼ばれ、表にいた小次郎が家のなかへ入ってきた。

小次郎はすぐに骨壺を目にし、土足のまま上がってそれを手にする。持っただけでなかが空っぽなことがわかった。蓋を開けると、びた一文残っていなかった。

「三郎三、案《あん》の定《じょう》連中は金のことで揉めたようだな」

「宇之助はどこへ行っちまったんでしょう」

「連れ去られたか、あるいは共に逃げたか、まだ遠くには行ってないはずだぞ」

「わかりやした。人数を増やして探してみやすぜ」

三郎三が下っ引きたちをうながし、急いで出て行った。

小次郎は空の骨壺を弄《もてあそ》びながら何やら思案していたが、やがてそれを座敷へ放り、行きかけた。

だがそこできっと目を尖らせた。

戸口に羽織《はおり》、着流し姿で佩刀《はいとう》した牛尾が立っていたのだ。その腰に緋房《ひぶさ》の十手が光っている。

「牙殿と申されるは、貴殿のことか」

牛尾の眼光は、小次郎を見抜かんとするかのように鋭い。

「左様。お手前は」

「北の御番所の者にて、吟味与力の牛尾才兵衛と申す」

その名を聞いて、小次郎が改めて牛尾を見た。

世間で鬼与力と呼ばれていると聞いたが、小次郎の目にはそうは映らなかった。

酸《す》いも甘いも嚙《か》み分け、情理をわきまえた男のように思えた。どっしりとして、角張ったその顔は、小次郎には愛嬌のあるものにさえ見えた。

「それがしに何用でござるかな」

諧謔《かいぎゃく》を含んで、小次郎が言った。

「御用の筋である。同道願いたい」

牛尾が厳しい面持ちになり、十手を引き抜いて小次郎に向けた。

十二

御用の筋と言いながら、牛尾が小次郎を連れて行った先は番屋などではなく、近くの蕎麦《そば》屋だった。

そこの二階に陣取り、人払いをさせて牛尾は小次郎と向き合って座った。

そうして自分だけ酒を頼み、漬物を肴《さかな》にちびちびとやりながら、

「貴殿、京の都から参られたか」

「ほう、よくそれが」

「わからいでか。国訛《くになま》りを知らずして、十手御用はつとまらん」

「御用の向きをお聞かせ下され」

小次郎がそう言っても、牛尾は惚《とぼ》け顔で、

「京から江戸へ、何をしに参られたか」

小次郎が黙っていると、牛尾はぎろりと目を剝き、

「明かせぬわけでもあるのかな」

「いいや」

「では申されよ」

「これは訊問ですか」

「どう受け取られても構わん。わしの問いに答えられよ」

小次郎がうす笑いで、

「家出でござる」

「なんと」

「都があまりに退屈ゆえ、ぶらりと江戸へ出て参った」

「身分は」

「見た通り、一介の浪人です」

「とてもそうは見えんが。わしよりいい着物を着ているではないか」

「どう見られようがそちらの勝手だ。人の世のしがらみから離れ、自由闊達《かったつ》に生き

てみたくなった。それで纏屋と縁を持ち、この江戸でのうのうと暮らしている。それだけでござるよ」

「では貴殿は、何ゆえに金貸し殺しに首を突っ込んでおるのだ」

いきなりずばりと、牛尾が切り込んだ。

「はあ、それは……」

小次郎も惚け顔になった。

「暇つぶしならやめて貰いたい」

牛尾が追い打ちをかける。

「お福と出会ったのですよ」

「いずこでだ」

「しょっ引かれた日に道でばったり遭遇《そうぐう》しました。その時、お福はわたしに必死で訴えるような目を向けてきた。今思えば、あれはどういうつもりだったのか……ともかくそれが焼きついて離れず、こうして事件を追うことになったのです」

「やはり暇つぶしではないか」

牛尾が鼻で笑うが、小次郎は相手にせず、

「お福の無実を信じて駆けずり廻ったが、出てくるのは不利な材料ばかりだ」

「当然だ」

そう言ったあと、牛尾は腹でも括るように、

「わしの存念は誰にも語っておらんが、あえてここで申そう。福は下手人なのだ。そう確信している」

小次郎はそれを否定せず、

「どうやらそのようですな。あれは果敢《かかん》にも仇討を果たしたのです」

あっけらかんと言ってのけた。

「何が仇討だ。町人風情に仇討は認められておらん」

「わかっています、それゆえ……」

「それゆえ、なんだ。何を考えている」

小次郎が謎めいた笑みを見せた。

「これ、申さぬか」

「お福を逃がすことです」

牛尾がど肝《ぎも》を抜かれて、

「な、なんと申した」

「奉行所のお牢を破り、お福を自由の身にしてやりたい。江戸を売らせて、他国で

暮らせるように計らってやりたいのです」

牛尾が赤くなって、青くなり、それから壮烈《そうれつ》に酒を吹いた。一瞬の出来事だ。

小次郎は冷笑を浮かべている。

「貴殿はわしを愚弄《ぐろう》しているのか」

「いや、真剣にもの申していますよ」

「くうっ、おのれ」

「悪いのは女郎蜘蛛なんです。理不尽にも家族を皆殺しにされたお福の悲しみがわかりますか」

「それはむろん、いや、と申して……」

牛尾の旗色が悪くなった。

「牛尾殿」

「なんだ」

牛尾の言葉がぞんざいになってきた。

「とかく世間は不公平にできている。悪い奴が栄えて、善人はいつも泣きの泪だ」

「そんなことはない。だからわしは日夜努力をしているつもりだ」

「まだ足りませんよ」

「なまじ十手などを持っているから、金科玉条《きんかぎょくじょう》として御定法《ごじょうほう》を守らねばならない。それが実に愚《おろ》かしい。くだらん御定法に縛られて、事情がわかっていても善人に縄を打つ。わかっているのなら機転を働かせて、お福を自由にしてやることだ」

「ほ、ほざくな」

小次郎が涼しい顔をして言う。

牛尾が睨みつけながら、

「このわしに、そんな大罪が犯せると思っているのか」

「お福という女の一生がかかっている。貴殿の面目《めんぼく》などつぶれても、一向に構わんでしょう」

「そ、そこまで言うか……」

小次郎を見据え、歯嚙みしている。目の前の男にすっかり呑まれ、圧倒されるばかりの牛尾なのである。

「憎むべきは女郎蜘蛛の残党です。さんざっぱら人の生き血を吸っておきながら、今では口を拭って平然と生きている。奴らのためにどれだけの無垢《むく》な命が奪われたか。法の番人ならそちらに目を向けるべきではありませんか」

牛尾が激昂《げきこう》を鎮《しず》め、小次郎をなだめるようにして、

「まあ、待て。落ち着いて話し合おう。では貴殿は福を無罪放免にしろとでも申すのか」

「そうしてやりたいところだが、そうもいかんでしょうな。期限つきの遠島《えんとう》、というのはどうですか」

「どれほどの期限だ。いや、これはたとえばの話だぞ」

牛尾は寿命の縮む思いがしている。

「江戸に戻ったら、まともな所へ嫁に行かせてやりたい」

「二、三年か」

「貴殿の添え状があれば、奉行殿も否やは申しますまい」

「いや、しかし……これは些《いささ》か……」

牛尾が暗い面持ちになって懊悩《おうのう》した。

だが小次郎はそんな牛尾を横目で見て、

「与力殿が話のわかるお人でよかった。奉行所破りをせずに済みましたからな」

ではわたしはこれでと言い、小次郎が刀を取って立ち上がった。

「どこへ参る。話はまだ終わってないぞ」

「残党狩りですよ」

小次郎が事もなげに言った。

牛尾が慌てて、

「そんなことを勝手にされては困る。困るのだ、牙殿」

追い縋る牛尾を尻目に、小次郎はひらりと出て行った。

「むむ、あ奴め……」

情緒が不安定になり、牛尾はたてつづけに酒を呷《あお》り、銚子《ちょうし》が空になったので、

「これ、酒だ。酒を持って参れ」

大声で怒鳴った。

十三

翌朝になって、宇之助は神田明神社の大榎《おおえのき》で首を吊った骸となって見つかった。

見つけたのは明神社の権禰宜《ごんねぎ》で、たちまち大騒ぎとなり、月番の北町奉行所から定町廻り同心伊藤敬四郎、岡っ引き文次、それから小者二十人余が駆けつけてきた。

やがて宇之助の骸が下ろされ、伊藤が検屍に当たった。

むろん宇之助が自縊《じい》などするはずはないから、偽装であることは歴然としていた。

宇之助が高い木に登り、枝に縄をかけ、それに伝って縄の輪に首を突っ込んで一気にぶら下がった、というのはいかにも不自然なのである。

それに自縊する者の常で、縄目は十文字にするはずが、宇之助のそれはそうなってはいなかった。しかも宇之助の躰には、殴打《おうだ》された痕《あと》が無数にあったのだ。

残党の三人が寄ってたかって宇之助に暴行を加え、死に至らしめたのである。

境内には縄が張り巡らされ、群がる野次馬を規制していたが、そのなかに小次郎と三郎三の姿があった。

「旦那、申し訳ねえ。北町の月番なんでこいつぁ手も足も出せやせん」

「そんなことは構わん。こっちはこっちで、残党を追跡するのだ」

「へい」

その時、小次郎の姿に気づいた文次が伊藤に耳打ちを始め、二人でひそひそと密談を交わしていたが、やがて伊藤がこっちへやってきた。

「牙小次郎殿でござるな」

伊藤が慇懃《いんぎん》に腰を折る。

小次郎がやや面食らい、伊藤を見た。

三郎三も戸惑い、まごついている。

「ご不審の儀あらば、検屍をなされても構いませんぞ」

伊藤が言った。

「はて、それはどういうことだ」

「はっ？」

「見ず知らずのそこもとが、何ゆえの親切なのだ。わたしとしては面食らうばかりだが」

「はあ、それは無理もございませんな。実は牛尾様より申しつけられておりまして」

「牛尾殿がなんと申されたのだ」

「事が起きた時、牙殿が姿を見せたら道案内を致せと」

「なんと……」

牛尾才兵衛の厳《いか》めしい顔がよみがえり、小次郎の頰《ほほ》に微苦笑が浮かんだ。

「牛尾殿がそう申されたのか」

「はっ」

「相《あい》わかった。それは有難いが、もはや宇之助を検屍するには及ぶまい」

「はっ。どうやら宇之助は仲間の手にかけられたようでござる」

「わかっている。お心遣い、忝《かたじけな》い」

「なんの」

するとと小者たちから何やら聞き込んでいた文次が、小次郎たちの方へきて、

「明け方に納豆売りが、人相のよくねえ男たちをここで見ておりやす」

「そ奴らがどこへ行ったかわかるかな」

小次郎が問うた。

文次はばつが悪いのか、小次郎の視線を避けるようにして、

「へえ、それが不忍池《しのばずのいけ》の方へ行ったと申してるんですが」

「………」

小次郎と三郎三が、きらっと見交わした。

十四

日の暮れを待って、夜の虫がそうするように、三人は炭小屋からそろそろと忍び出てきた。

三人は女郎蜘蛛一味の残党で、いずれも狼《おおかみ》、猪《いのしし》、狸の、獰猛《どうもう》な獣を思わせるつら構えの男たちだ。黒い着物に頬被《ほおかぶ》りをし、腰には長脇差《ながドス》を帯びている。

朝のうちに不忍池から下谷広小路《ひろこうじ》へ出て、雑踏に紛れて飯屋で腹ごしらえをし、それから寺町《てらまち》通りへ出て寺々を物色し、東岳寺《とうがくじ》という寺の炭小屋へまんまと潜りこんだ。そこで日の暮れを待っていたのだ。

交替でたっぷり寝たから、英気は養われていた。

これから千住《せんじゅ》をめざし、さらにその先にある鐘ケ淵《かねがふち》へ行き、知り人を頼って身をひそめるつもりだ。知り人というのは、昔の盗っ人仲間である。

寺町通りを、一路東へ向かった。

三人それぞれの胴巻には百両ずつが納められているから、歩くたびにそのずっしり重い感触が幸せな気分にさせてくれた。

寺ばかりが蝟集《いしゅう》したここいらは、日暮れと共に人通りは途絶え、まるでこの世に彼ら三人しか生き残っていないような錯覚《さっかく》を抱かせた。

暗い夜道を歩くのはお手のものだから、三人の足取りは軽い。

「お吉の阿魔は業突張りだったが、宇之はあれでもいいとこもあったんだ。息の根を止める時は少しばかり忍びなかったぜ」

狼が言うと、猪がせせら笑って、

「あれでよかったんだよ。初め宇之はおれたちに一文も寄こさねえで追い払おうとしたんだ。昔はともかく、あいつもお吉のそばで暮らすうちにすっかり因業《いんごう》な野郎になっちまったのさ」

狸が暗い声でその先をつづける。

「奴はあんな不細工な女房に惚《ほ》れてたんだなあ。女房の命を取ると脅したら、泡を食って銭の壺を持ち出してきやがった。それでみんな寄こすのかと思ったら、四人で分けようなんぞとふざけたことをぬかしやがる。昔はお吉の情夫だったから、おれたちより上だと思ってるんだ。あんな奴は殺されて当然なんだよ」

「まっ、しょうがねえな。宇之も人が変わっちまった」

狼が言い、勝ち誇ったかのように、

「結局よ、最後に笑うのはおれたちということになったじゃねえか」

三人が忍び笑いを漏らした。

すると風に乗って、

「それはどうかな」

小次郎の声が聞こえてきた。

三人がぎょっとなり、狼狽して辺りを見廻した。

木陰からぬっと小次郎の黒い影が現れた。

「このおれであろう、最後に笑うのは」

小次郎が決めつけた。

「な、なんだ、てめえは」

狼が吠えた。

「夜来る鬼――そう覚えておけ」

小次郎が三人を睥睨《へいげい》し、身構えた。

「くそったれえ、ぶち殺してやる」

狼が怒号《どごう》して長脇差を抜き放ち、猪と狸も抜刀した。

小次郎が間合いを取り、じりっと油断なく進み出た。

夜風が不吉な唸りを上げ、樹木を烈しく騒がせた。

「死ね、この野郎」

狸が長脇差を腰溜めにして突進した。

それより早く小次郎が身を躱《かわ》し、抜く手も見せずに抜刀するや、刀の峰を返して狸の肩を打撃した。

「ぎえっ」

狸の全身がしびれたようになり、もんどりうって転げ廻った。

間髪を容れず、猪が斬りこんできた。

その白刃を白刃で弾きとばし、小次郎の刀が猪の横胴をしたたかに打った。

猪がその場にうずくまり、痛みに動けなくなった。

「くたばりやがれ」

狼が再び吠え、牙を剝いて猛然とぶつかってきた。

その脳天に小次郎の剣が叩きこまれた。

絶叫を上げ、狼が倒れて地を這った。額が割れて流血が夥《おびただ》しい。

「三郎三」

小次郎が刀を納めながら背後の闇《やみ》へ声をかけると、三郎三と三人の下っ引きが恐る恐る現れた。

「峰打ちだ。しょっ引くがよいぞ」

小次郎の言葉に三郎三は何も言えず、茫然と倒れた三人を見廻している。

「どうした」

「いえ、その……いつものことながら、鮮やかなお手並で……」

「ふん、何を今さら。天がおれの味方をしてくれただけだ」

言い捨て、小次郎が身をひるがえした。

返っている。

十五

奉行所の縁と白洲に向き合い、お福が牛尾才兵衛に告白を始めていた。

牛尾の背後には助役や書役同心らもいるのだが、全員が水を打ったように静まり返っている。

「この一件は、すべて与力様の推測通りでございます」

お福の澄みきった声に、牛尾が耳を傾けている。

「店を売って作った金子で、世間の裏に手を廻して女郎蜘蛛の名前を突きとめました。そういうことはとても高くつくものですから、それで三十両はあらかた消えてしまったんです。さらに闇から闇をたどって行き、時はかかりましたけど、女郎蜘蛛のお頭がお条という名前で、金貸しをやっていることまでつかむことができました。それからお条とおなじ町内に住みつき、やがて借金を申しこみ、近づいていったんです」

「その方は初めから、家族の仇《かたき》を討つつもりだったのだな」

牛尾の暗く沈んだ声が白洲に響いた。

「はい、そのことしか頭にありませんでした……今思えば、あたしは仇討の執念だけで生きてきたような気がします。ふた親も兄さんも、そのお嫁さんも、子供も、みんな心根のいい人たちだったのに、なんで殺されなくてはならないのか……あんまり理不尽過ぎて、怒りで夜も眠れませんでした」

「うむ……」

同情を含んだ、牛尾の唸り声だ。

「福、では殺害当夜のことを明かすがよい」

お福が居住まいを正して、

「あの晩は五つ頃にお条の家へ行き、借金を返せない言い訳をしながら、今夜こそ殺してやろうとお条の隙を窺いました。それからまた借金を重ねるようなことをくり返していて、借りるそばから利息を払い、それからまた借金を重ねるようなことをくり返していたんです。お条は強欲な人でしたから、借金を返せないのなら酌婦にでもなって稼げと、あたしの顔を見ればそういうことを言ってました。あの晩もおなじ御託《ごたく》を聞いてるうちに、こんな人にうちの家族が殺されたのかと思うと、とても悲しくなりました。それで、よしひと思いにやってしまおうと、お条にとびかかって首を絞めたんです。絞めてる途中で、不思議なことに誰かの力が加わったような気がしました。兄さんだ、きっと兄さんが加勢してくれてるんだと、それで夢中になって……あの時のあたしはどうかしてたんです。そうとしか思えません。それが終わって家を出たところで宇之助に会いましたけど、思いが遂《と》げられたので、あとはどうなってもいいと思ってました」

牛尾は押し黙って聞いていたが、

「その方はこれまで、頑強にお粂殺しを否定してきたが、あれはどうしたことだ」

「昨日までは、あんな人のために罰は受けたくないと思ってたんです。できることなら助かりたい……でも今は……」

「今は、どうした」

「よくよく考えますと、悪いことをしたと。あたしが手を下さずとも、ああいう人はきっとどこかで罰を受けるんじゃないかと、そう思うようになったんです」

「そんなことはないぞ、福」

牛尾が急に力をこめて言い出した。

「えっ……」

お福が驚きの表情になる。

「粂のような女に限って長寿を全うし、大往生《だいおうじょう》をしたりするものだ。悪事が千里を走るとはあながち言えん。この世にはそういうふうにしてのさばり、枕を高くして寝ている悪党がごまんといるはずだ。人の天命というものは、行いとはまた別なのだな」

「……」

お福としては、答えようがない牛尾の言葉だ。

「よし、これでよくわかった。これよりお奉行に諮《はか》り、追って沙汰致すぞ」

「長いこと、お手間を取らせました」

お福が平伏した。

小者たちが寄ってきて、お福を連行しようとした。

その時、牛尾が思い出したように、

「あ、いや、待て。その方、しょっ引かれた日に、町なかで浪人者と目を合わせたであろう」

お福が座り直し、

「よく憶えております。どうしてそのようなことまで」

「いや、まあ、それはともかく、その方は浪人者に訴えるような目をしたと聞いたが、それはどんなつもりだったのだ」

「……」

「これは詮議ではなきゆえ、無理に話さずともよいぞ」

「あの御方が、あたしを救ってくれるような気がしたんです」

「救うとは……しかし見ず知らずの男なのであろう」

「お信じ下さいませんでしょうけど、あの御方の後ろから光が差しているように思えたんです。そう感じたとたんに、あたしは縋るような気持ちになって……」

「まさか、そんな」

「ええ、そんなはずのあろう道理が……でもこの世の中には、きっとそういう人の姿を借りた、不思議な人がいるのでは……」

「ふん、それなら人の姿を借りた物怪《もののけ》かもしれんな、奴は」

唇をひん曲げてつぶやいたものの、言葉とは裏腹に、牛尾の胸底には小次郎へ向ける好感が高まっていた。

十六

蟬《せみ》しぐれのなか、小次郎は纏屋の離れで麦湯を喫《きっ》しながら、六曲一双の屛風《びょうぶ》絵に眺《なが》め入っていた。

それは誰《た》ケ袖《が》屏《そで》風と称せられる一風変わった屏風絵で、衣桁《いこう》にかけられた袴《はかま》や小袖などの衣類がさり気なく、ひっそりと描かれている。絵のなかに人物はまったくなく、衣類だけなのだが、それでいて金銀の摺箔《すりはく》を多用しているから寂しさはなく、むしろきらびやかに眩《まばゆ》いほどで、王朝風の豪奢《ごうしゃ》な匂いさえさせている。

平安時代以後、公卿《くぎょう》社会には豪華な衣装によって室内を飾る習わしがあった。華やかな打掛けや、殿舎《でんしゃ》を美しく彩《いろど》った打出《うちだし》など、それらを人目を惹く目的で衣桁にかけた。それを衣桁飾りというのだが、その衣桁飾りそのものを絵にしたそれが、誰ケ袖屏風なのである。

江戸にきてから、小次郎はある経緯によってそれを入手したのだが、以来ぞっこん気に入り、居室に置いて日夜眺め入っている。

衣類だけの絵の向こうから、人のざわめきや、女官たちの笑い声まで聞こえるようで、かつての住み馴《な》れた世界にたゆとうて引き戻され、小次郎の心は癒《いや》されるのだ。

その静寂を破るかのようにして、小夏があたふたと駆けこんできた。

小次郎が誰ケ袖屏風に見入っているのはいつものことなので、小夏はそれは頓《とん》

着《ちゃく》せず、

「牙の旦那、大変でござんすよ」

と言った。

小次郎が無言で目をやると、小夏はぺたんとその前に座り、

「お客さんです」

「誰だ」

「えーと、北の御番所の吟味方与力様で、牛尾才兵衛様という御方がお目通り願いたいと」

「なんの用だ」

「いろいろお知らせしたいことがあるそうなんです」

「たとえば」

「お福という人に、二年限りの遠島のご沙汰が下ったとか」

「それはよかった」

「そのこともそうですけど、この先いろいろとご相談したいことがあるそうなんで、是非《ぜひ》とも面談致したいと」

「その必要はない」

小次郎がにべもなく言う。

「へっ？」

「役人と親しくなるほど、おれは落ちぶれてないつもりだ」

「え、あの、仰せの意味が……何を言ってるんですか、天下の北町の与力様が旦那と仲良くしたいって言ってきてるんですよ。それがどうして落ちぶれることになるんですか。気が知れませんね」

「ともかくおれは会わぬ。帰って貰ってくれ」

「そんなこと言ったら、旦那は変人扱いになりますよ」

「変人でも偏屈《へんくつ》でも構わん。徳川幕府とつながることは好まんのだ」

小夏がやきもきとして、

「あのねえ、旦那、よっく考えて下さいましよ。この家に吟味方与力様なんぞがきたことはただの一度もないんです。しかもその御方が頭を下げて……」

「おなじことを何度も言わせるな、小夏」

小次郎が冷やかな目を小夏に送った。

そういう時の小次郎はとりつく島もないから、何がどうあれ断念するしかない。

「旦那ったら……」

小次郎はもう背を向け、拒否の姿で誰ケ袖屏風を眺めている。

小夏は反撥の目で小次郎の背を睨み、口を尖らせて何か言いかけ、

「んもう」

と言うと、呆《あき》れ顔で立って行った。

蟬しぐれが耳に心地よく、小次郎はうっとりと衣桁絵を眺めている。

第二話　黄泉《よみ》知らず

一

「お父っつぁん、とうとうできたよ」

　加七《かしち》が小皿を手に、高揚《こうよう》した面持ちで浪六《なみろく》の居室へ駆けこんできた。

　この時、浪六は小机に向かって帳づけをしていたのだが、驚きで書き損じをしたほどである。

「そりゃ本当かえ、早く見せておくれ」

　帳づけなどうっちゃって、浪六は加七から大事そうに小皿を受け取った。

　小さな黒い丸薬が三つ、小皿のなかで転がっている。

　浪六はまず一つをつまみ取り、臭いを嗅《か》いでみた。

「臭いはないんだね」

「あるわけないよ、腹薬《はらぐすり》とは違うんだから」

「呑んでみてもいいかえ」

浪六が丸薬を口に入れそうになったので、加七は慌てて止めて、

「あ、駄目《だめ》だ、まだいけないよ」

「だっておまえ、これさえ呑めば百年は生きられるんだろう」

「鼠公《ねずこう》どもで試《ため》してみたけど、七匹も死んじまったんだ。それからさらに調合を重ねて、やっとこさこれができたんだよ」

「だったら、誰かで試してみた方がいいね」

浪六がぞっとするような残酷《ざんこく》な目で言う。

「う、うむ……それはともかく、ようやく悲願が叶《かな》ったんだ、お父っつぁん。それをまず喜んでおくれ」

「よくやった、おまえは偉い。薬種問屋《やくしゅどんや》の跡取りじゃ勿体《もったい》ないくらいだ。医者にも学者にもなれる腕前だよ。おまえがなりたかったら、金の力でそうしてやってもいいんだ」

「冗談じゃないよ、お父っつぁん。あたしはこのいわし屋の大身代《おおしんだい》を継ぐことを楽

しみにしてるんだ。今のままで十分さ」

するとと浪六が加七の顔色を窺うような、少しおどけた感じで、

「それじゃあ、あたしがいつまでものさばってちゃいけないね」

「そんなことは言ってないよ、ずうっと長生きしておくれよ、お父っつぁん」

「おまえにそう言われると、泪が出るほど嬉しいよ」

「ははは、嫌だな、お父っつぁんは」

見目麗《みめうるわ》しいようでいて、どこか毒を含んだこの二人は、日本橋北《にほんばしきた》の本町《ほんちよう》三丁目にいわし屋という屋号の大店《おおだな》を構える薬種問屋の親子なのである。

伜の加七は二十四になり、薬種の道を究《きわ》めようと長崎の阿蘭陀《オランダ》商館で二年間学び、商館の阿蘭陀人医師から西洋医薬を伝授され、今年の春に帰ってきたばかりの身だ。そこで加七は阿蘭陀書籍和解《わげ》御用なるお役の、馬田右衛門作《まだえもさく》という通詞《つうじ》と親しくなった。馬田は中国の帰化人で、その馬田から中国に古くから伝わる不老不死の薬の処方を教わった。それを教わるについては馬田から莫大な金を要求されたが、その新薬が完成すれば巨万の富を得られると、浪六は惜しげもなく長崎へ送金したものだ。

そして加七は帰国するなりいわし屋の一番蔵に閉じ籠《こ》もり、七十日間、実験に実

験を重ねた末、遂にこうして富を生む薬を開発したのである。

それは親子にとって記念すべき日で、これにまさる僥倖《ぎょうこう》はなかった。

「加七、まずはこの薬の名前をつけないといけないね」

蟹《かに》のように圧縮された感の、四角い面相の浪六が言えば、その親とは似ても似つかない色白やさ男の加七が、不遜《ふそん》で得意げな表情になって、

「もうとっくに考えてあるよ」

「聞かせておくれ」

「黄泉知らず、というのはどうだい」

浪六がぽんと膝を叩き、

「ああ、それはいい。死なずにずっと生きていられるから、黄泉なんぞへ行くことはないんだ。それで黄泉知らずか、うむむ、おまえは何をさせても才覚があるねえ」

「黄泉知らずの名前については、江戸へ帰る道中で思いついたのさ。お父っつぁん、これはきっと大受けするよ」

「身分の高い人か、お金持ちにしか売れないね」

「値もつけたよ。これひと粒で百両さ」

「それは凄《すご》い、大儲けじゃないか。馬田さんに払った五百両なんて、すぐに元が取れちまう」

「だから初めに、お父っつぁんに損はさせないって言ったろう」

「それはそうと加七、黄泉知らずは幾つできてるんだね」

「今のところはこの三つだけだよ」

「三百両か……」

「でも害がないとわかれば、幾つでも作れるんだ」

浪六は狡智《こうち》に長《た》けた目になり、

「害があるか、ないか……そこが問題だ」

「そうなんだよ。害があったらまた白紙に戻して調合を変えなくちゃいけないからね」

「試してみるか」

「そうしたいけど、万が一を考えたらなるべく身寄りのない人がいい。そんな都合のいい人はいるかえ、お父っつぁん」

浪六が邪悪《じゃあく》な顔になって、

「いるじゃないか、うちに。飼い殺し同然にしている茂助《もすけ》さ。おまえ、子供の頃によく肩車をして遊んで貰ったんだよ」

「ああ、あのうすら馬鹿か。よく憶えているよ。帰ってきてから一度も顔を見てないけど、まだうちにいたのかい。そうかい、あれなら身寄りは一人もいない。好都合じゃないか」

「ああ、まさにお誂《あつら》え向きさ。あいつはこの薬のために生まれてきたのかもしれない」

「ははは、お父っつぁん、それは少しばかり言い過ぎだよ」

親子はこらえきれなくなって、そこで遂に大笑いをした。

二

千吉《せんきち》が仕事から帰ってくると、お房《ふさ》は着替えをしているところだった。着替えといっても隠れ場所のない長屋の住居だから、お房は襦袢《じゅばん》と湯文字《ゆもじ》だけの姿になっていて、脱ぎ捨てた算盤絞《そろばんしぼ》りの単衣《ひとえ》を踏まないようにしながら、手早く喪服に袖を通した。それであとは手際よく、きゅっきゅと黒い帯を締める。

薄化粧はもう施されていて、喪服と相《あい》まって、お房は掃溜《はきだ》めに鶴となった。

「なんだよ、おい、とむれえか」

千吉が背なの大風呂敷の荷を框に下ろしながら言った。

荷は読本《よみほん》、黄表紙、草双紙《くさぞうし》、狂歌本、滑稽本《こっけいぼん》など、ありとあらゆる種類の書籍が積んである。

千吉はそれを背負って顧客先《とくいさき》を廻り、本を貸して見料《けんりょう》を取る貸本屋なのだ。

「そうなんだよ、急だったものだからおたついちまって」

そう言いながらもお房は千吉に茶を淹《い》れ、自分は単衣を畳みにかかる。

「誰なんだ、死んだのは」

「茂助さんて憶えてないかしら」

「はあて」

「ほら、前におまえさんにあぶな絵を見せてくれって言った人がいたろう。あたしの知り合いの知り合いで、とってもいい人だから惣菜《そうざい》の残りなんか持ってって上げてたんだよ」

「ああ、薬種問屋で下男《げなん》をやってる人だ。いい歳こいて嫁もなくてよ、女郎《じょろう》買いもしたことねえって言ってたな。もっそりして口下手《くちべた》で、ぱっとしねえ男だったけど馬鹿がつくくれえの正直者だった。おい、あの茂助さんがおっ死《ち》んだってのか」

「そうなんだよ。今朝方ぽっくり逝《い》っちまったんだって」

「そりゃいけねえ。とむれえはおれも行こうじゃねえか」

「そうしてくれると助かるよ」

「今日は飯作らなくていいもんな」

「あはは、その通り」

二人は所帯を持ってまだ年数が浅く、ちょっといい女のお房は二十一、色黒でずんぐりむっくりの千吉は二十五である。

割れ鍋に綴《と》じ蓋《ぶた》、あうんの呼吸もぴったりで、二人はこの先も末永く、共白髪《ともしらが》を誓い合った仲なのである。

三

千吉、お房が住んでいるのは大伝馬町《おおでんまちよう》一丁目の法華《ほっけ》長屋といい、茂助は伊勢町《いせちよう》河岸《がし》の徳利《とつくり》長屋だから、目と鼻の距離である。

道浄橋《どしようばし》を左手に見て、伊勢町の裏通りへ入ると、すぐに徳利長屋の木戸門が見えてきた。

日はとっくに落ちて、風のないじめついた宵《よい》である。

裏店の通夜にはそぐわず、大徳利の酒が三本、料理も鮨飯《すしめし》や煮物が山のようにあって、飲み食いに不足はなかった。集まった長屋の住人たちも満足げで、いつにないご馳走《ちそう》に舌鼓《したつづみ》を打っている。

それを見ながら、千吉は腹が立ってきた。

(花見じゃねえんだぞ、こん畜生《ちくしょう》めえ)

飲食のそれらはすべて茂助の雇い主から供せられたものだというが、肝心のいわし屋の人間が一人もおらず、千吉はそのことがずっとひっかかってならなかった。

茂助の骸は顔に白布が被せられ、片隅にひっそりと寝かされている。

酒が廻って座が和《なご》んできたところを見計らい、千吉が隣りに座った左官職人に問うた。

「ところで茂助さんは、なんだって急におっ死んだんですかね」

「それがさっぱりわからねえ。おれも聞いてねえんだよ」

左官が言うと、その隣りの大工も首をかしげて、

「料理を運んできたいわし屋の連中に聞いたんだがな、店の裏で薪《まき》割りをしてたらばったり倒れたんだそうだ。たぶん心の臓の発作なんじゃねえかな」

するともう一人、易者《えきしや》が訝《いぶか》りながら、

「それはなんとも解せんのう。茂助さんは血のめぐりはよくなかったが、躰はすこぶる丈夫にできておって、冬場に水垢離《みずごり》を取っていることもあったぞ。心の臓が悪かったらとてもあんなことはできまいて」

「水垢離を取るってことは、なんぞ神や仏にお願いすることでもあったんですかね」

千吉が問うと、易者は声を落とし、

「ここだけの話じゃが……」

「いや、別に、ここだけも何も、本人はもう死んでるんですから」

「茂助さんはな、不幸な生い立ちだったらしく、幼い頃に自分を捨てた親にひと目会いたいと、神さんか仏さんのどっちかに祈願していたんじゃよ」

すると鮨飯をぱくついていたお房が、話に割って入り、

「ということは、捨て子だったたんですか」

易者が暗い目でうなずき、

「その捨て子だった茂助さんを、拾って育ててくれたのがいわし屋の主《あるじ》なんじゃ。それを深く恩に感じた茂助さんは、つい最近まで店に住みこみ、昼夜を分かたず働

いていた。ここに一人で住むようになったのはこの二年ほどのことで、それでも朝は明けんうちからもう店へ出かけておった。働き者のいい人を亡くしたもんだよ」

　すると大工が茶化して、

「働き者ってとこに力を入れねえでくれよ、耳が痛えじゃねえか」

「おまえさんだって博奕さえやめれば働き者ではないか。悪いことは言わん、今宵を汐《しお》に身を慎んだらどうかな」

「またへぼ易者の説教癖《せっきょうぐせ》が始まったぜ」

　それで笑いが起こり、さらに座が和んだ。

　だが明日があるので、やがて弔客は一人、二人と減ってゆき、最後は千吉とお房だけになった。

「おまえさん、やけに長《なが》っ尻《ちり》だけどどうしたのさ。あたしたちもそろそろ帰ろうよ。あとは隣りの婆さんがきて、仏の番をしてくれるそうだからさ」

　酔いが少し廻り、お房がとろりとした目で言った。

　その機会を待っていたのか、千吉が疑惑の目を光らせ、お房の髷から銀の平打ちのかんざしを抜き取った。

　お房がきょとんとした顔になる。

千吉は茂助の骸へ膝で寄り、白布をまくって、間延びしたような馬面《うまづら》の死顔にじっと見入った。そして手を合わせておき、片手で茂助の口を開け、そのなかへかんざしの頭を差し入れた。

「ちょっとおまえさん、何する気なんだい。あたしの大事な銀かんざしなんだよ」

「黙ってろ」

千吉はいつになく厳しい面持ちになり、ややあって茂助の口からかんざしをそっと抜いた。

すると銀の表面は青黒く変色していた。

「……こいつぁ毒殺だぜ」

千吉がずしんと重い声でつぶやいた。

四

それから半月が経ち、江戸はうだるような真夏の直中《ただなか》にあった。

両国広小路《りょうごくひろこうじ》の雑踏のなかを、お房は行きつ戻りつしながら男を物色していた。

誰でもいいというわけではなく、強そうな侍を探しているのだ。それも役人や藩士などの宮仕えは除外し、無頼《ぶらい》の浪人ばかりに目を走らせている。

そういうのにお房は目利きを持っていて、こけ威《おど》しの手合いはすぐに見破るのだ。

立派な髭《ひげ》や、やたらと長いだんびらを差していても、いざとなったら刀も抜けないような見かけ倒しに用はないのだ。どこかに知力と胆力を具えた男はいないものか。

お房の視線がふっと流れて、一人の異色の浪人を捉えた。

その男は髷を総髪にし、後ろに束ねた髪を風になびかせ、色白で彫りの深い顔立ちをしている。長身痩軀《そうく》だから黒の絽《ろ》の着流しが男を際立たせ、一見軟弱なしゃれ者に見えるが、実は気骨も信念もありそうで、近寄り難いような怕さも感ぜられた。

お房が目をつけたその男は、牙小次郎である。

(あの人だわ、あの人しかいない)

心に響くものがあった。

思い立つと迷いはなく、お房はまっすぐに小次郎に近づいて行った。

「お武家さん」

小次郎の前に立ち、笑みを含んでお房は言った。

「なんだ」

小次郎の返事は素っ気《そけ》ない。お房のことを悪い女とは思えなかったが、妙に世馴れしているところが気に入らなかった。

「あたしと手を組みませんか」

小次郎が失笑を漏らして、

「いきなり、なんだ。気は確かなのか」

「ええ、正気のつもりです」

「先を急ぐのだ。そこを退《ど》け」

小次郎がお房を退けて行きかけた。

その袖をお房がすばやくつかんだ。

歩を止め、気難しい目でお房を見たとたんに、小次郎の気が変わった。お房の目は悲しみに満ち、切なさに身を揉むような風情だったのだ。もしそれが芝居だったら名演技だと思った。

(これは……)

お房の切実な気持ちに、応えてやりたくなった。

「おれに救いを求めているような目だな」

お房が小次郎から手を放し、

「お願いします」

きちんと頭を下げた。

「何をお願いするのだ」

「亭主の仇を討ちたいんです」

言うや、お房の目からぽろぽろと大粒の泪がこぼれ出た。

（嘘の泪ではないようだ）

小次郎はそう睨んだ。

五

薬研堀不動尊《やげんぼりふどうそん》の日溜りで、小次郎とお房は向き合って立っていた。

ここはその昔に西両国米沢町《よねざわちょう》の入り堀を埋め立てた土地で、近年はとみに栄えて商家や飲食店で賑わい、花柳界《かりゅうかい》もあるから、夜ともなると柳橋《やなぎばし》芸者が往来して華やかである。

だが昼の今は、童《わらべ》の群れが遊んでいるだけで、のどかな風情だ。

「お房とやら、このおれに仇討の助っ人をしろと言うのか」

お房が無言でうなずく。

「ではまず、経緯を聞こうか」

「牙様といいましたね、あたしと組んで下さるんですか」

「事情しだいだ」

「事情も何も、うちの人はこれっぽっちも悪いことはしてないんです」

「しかし殺された」

「はい」

お房が悔しそうに唇を噛む。くしゅんと、また泣きそうな顔になった。

「誰に殺されたと言うのだ」

「いわし屋浪六です」

小次郎がきらっとなって、

「大店の薬種問屋ではないか。そこの主が下手人だと言うのか」

「たぶん、そうじゃないかと」

「亭主が殺されたのを見たわけではないのだな」

「見てません。でも亭主の千吉はいわし屋のことを調べてました」

「亭主の生業はなんだ」

「貸本屋でした。でもその前は岡っ引きだったんです」

「どうして十手を返上した」

「行き過ぎがあったんです。たちの悪い科人を半殺しにしてしまって、世間に騒がれて十手を召し上げられてしまいました。その科人は娘に悪さばかりする奴で、うちの人に殴られたのが元で今でも寝たきりです。だからいい気味《きみ》なんです」

「千吉は一本気の男のようだな」

「曲がったことの嫌いな人でした」

「おまえは只の女房か」

「違います。あたしも只者じゃありません」

　小次郎がふっと苦笑して、

「そういう言い方もおかしいな」

「あたし、昔は掏摸《すり》をしてました。うちの人に捕まって、こっぴどく叱られて、そうするうちに……」

「それで十分だ。惚れ合って、いい夫婦《めおと》になったんだな」

　お房がこくっとうなずき、

「ずっと添い遂げるつもりでいたのに、こんな悔しいことはありません。うちの人の無念が、毎日あたしの背中を押すんです。仇討をしてくれ、このままじゃ浮かばれないって。そういう声が聞こえるような気がしてならないんです」

「本町三丁目に店を張る天下のいわし屋が、おまえの亭主を殺したとはにわかに信じ難いことだが……」

小次郎はひっそりとつぶやくように言いながら、

「千吉は何を調べていたのだ」

「いわし屋で下男をやっていた茂助さんという人が、急におっ死んだんです。二人してそのとむらいに行って、うちの人は茂助さんの死んだ様子に不審を持ってその場で調べました。あたしの銀かんざしを茂助さんの口のなかへ入れて、そうして取り出したら銀は青黒くなっていました。うちの人が言うには、それは毒殺の証《あかし》なんだそうです」

「ふむ」

「それからうちの人はいわし屋の周りを調べ始めました。ところが口止めされているらしくって、店の人は誰も茂助さんのことを喋りません。調べは行き詰まって、今ここに十手があったらと、うちの人は大層悔しがってました」

千吉の無念を思い、お房が憂《うれ》いに沈む。

「それで、どうした」

「調べ始めて五、六日も経った頃、いいことがありました。いわし屋の番頭《ばんとう》さんが、秘密でうちの人に会ってくれることになったようなんです」

「番頭の名は」

それは聞いてないと、お房が言う。

「どんなことがわかった」

「それが……その番頭さんには何度か会ったようなんですけど、うちの人はあたしに何も言ってくれなくなりました。毎日重苦しい顔をして考えこむように……そうこうするうちにある晩、うちの人がいつまで経っても帰らないんで変に思ってましたら、神田川《かんだがわ》に土左衛門《どざえもん》で揚がったんです」

そこでお房はちょっと声を詰まらせ、

「……それが五日前のことで、とむらいやら何やら済ませて、あたしは仇討の覚悟《かくご》を決めたんです。でもあたしひとりでは何もできません。それで強いご浪人さんを味方につけようと、人混みのなかで探してたんです。只でとは言いません、これ、うちの人が遺してくれたものです」

お房がなけなしの二分金を差し出した。

小次郎はその手をそっと押し返し、

「そんなことは気にするな。おれはもうやる気になっている」

「有難うございます、とても嬉しいです」

お房が目を輝かせた。

「それより千吉は、なぜ神田川に落ちたのかな」

「そこなんです。きっと突き落とされたんですよ。うちの人は泳ぎが得意でしたから、溺《おぼ》れ死ぬなんてことはありえないんです。冬の神田川ならともかく、今なら落ちたって平気のはずです。それに躰中に殴られたような痕があったってのに、検屍のお役人は土手を転がり落ちた時に躰をひどく打ったんだろうと言って、あたしがいくら変だと言い張っても取り合ってくれないんです」

「その役人は、北か南か」

「南町の田ノ内伊織様という人です」

小次郎が目を見開いた。

「それに田ノ内様の手先の三郎三という岡っ引きも、若いのに嫌な奴で、あたしの考え過ぎだと言って天から相手にしてくれません。お役人なんてみんながっかりですよ」

六

お房をがっかりさせた田ノ内伊織と三郎三が、小次郎の前で雁首《がんくび》揃えて座っていた。

そこは纒屋の離れである。

お房から聞いた話を元に、小次郎が三郎三の許へ赴《おもむ》いて問い質《ただ》すと、三郎三はびっくり仰天して田ノ内を呼びに行き、時を置かずに二人でこうしてやってきたのだ。

「牙殿、千吉の件はあくまで自死したものであって、ゆめゆめ殺害されたものではござらんよ。わしの詮議に手抜かりはないものと、固く信じておりますぞ」

田ノ内がやわらかく言い、三郎三に小声で「しつこいな、あの女も」と言った。

三郎三がそれにうなずいておき、

「旦那は何もご存知ねえんですよ。あのお房って女がこれまで何をやってきたか、聞いたらきっとお考えが変わりやすぜ」

「知っている。お房は掏摸上がりだそうな。しかしそれは昔の話で、今は貸本屋の女房として堅気に暮らしていた。過ぎたことをいつまでもとやかく言うのは、感心せぬぞ」

三郎三が目を見開き、しどろもどろで、

「へ、へい、そりゃどうも……お房はそんなことまで旦那に打ち明けたんですかい」

「千吉とのなれそめも、何もかもおれに語った。あれは真っ正直な女だ。言うことに嘘はない。その上でおれに亭主の仇討を頼んだのだ」

「ははは、牙殿はご様子がよろしいから、女が口実をつけては寄って参るのではござらんかな」

田ノ内が揶揄めかして言うと、小次郎はすっと真顔を向けてきた。

失言に目を泳がせる田ノ内を、三郎三が救うように、

「まっ、お房の昔はどうあれ、今は後家にされちまったんで同情はしますがね。そのお房から聞かされたいわし屋の話ってのは、いってえなんなんです。本町三丁目の大店の主ともあろうお人が、人殺しをするなんて考えられねえじゃねえですか」

「考えられぬことが起こるのは世の常だ。おれはいわし屋に何か秘密があり、それ

を嗅ぎつけた千吉が命を奪われたのではないかと思っている。いわし屋の主が手を下さずとも、殺しを請負う連中はいくらもいる。しかし千吉を殺せと命じた奴が首魁であり、一番悪いのだ」

「旦那はそれを暴《あば》くおつもりですかい」

三郎三の問いに、小次郎は目顔《めがお》でうなずいた。

するとそれまで曖昧《あいまい》な態度だった田ノ内が、もぞもぞと落ち着かなくなって、

「どうも、そのう、牙殿に改めてそう言われると、あるいは千吉は自死ではないような気もして参った……三郎三、調べ直してみようかの」

「ちょっと待って下せえ、田ノ内の旦那。今はそんなことしてる時じゃねえんですぜ」

三郎三が田ノ内を諌《いさ》める。

「いや、しかし、それはわかっているが、折角《せっかく》牙殿がこうして……」

「何言ってるんですか、木場人足《きばにんそく》の件の方がでえじですよ」

「木場人足がどうしたのだ」

小次郎の問いかけに、三郎三が答えて、

「木場人足の千人が手間賃のことをめぐって、騒ぎを起こしそうなんですよ。上に

悪い奴がおりやして、人足どもを煽《あお》いでるふうなんで。そいつを突き止めようと南町を挙げて取っ組んでるとこなんでさあ。千人もの騒ぎが本当に起こったら、こいつぁもうてえへんなことになっちまいやすからね」

「それはよくないな」

小次郎が気のない声で言う。

「でござんしょう。ですからお房の件は、騒ぎが鎮まったら調べ直すってことにして下せえ。ようござんすね」

「ああ、わかった」

それで田ノ内と三郎三は、慌ただしく出て行った。

小次郎が所在なげにしているところへ、小夏が茶を下げに入ってきた。

「旦那、お二人さん、なんだかばたついて帰ってきましたけど」

「小夏、折入って話がある」

小次郎に真顔で言われると、小夏は何やら胸をときめかせて、

「あら、なんでござんしょう。急にそう言われてもあたし、心の準備ができてないから。いい話ですか、それとも……」

艶《なま》めかしい仕草で鬢《びん》の乱れなどを直し、小夏が小次郎の前にちょこんと座り、眩《まぶ》

しいような目を向けてきた。

撫子模様《なでしこもよう》の浴衣《ゆかた》がよく似合い、今日も小夏は江戸前のいい女っぷりだ。

「実はあることを調べたい。手伝ってくれぬか」

「またなんぞ、厄介事《やっかいごと》でも？」

「うむ」

「なあんだ、そんなことでしたか……」

小夏は期待を裏切られた顔だ。

「暇はないかな」

それで小夏は頭を切り替え、にっこりした顔を上げて、

「暇は作るもんです。旦那の仰せなら、喜んでお手伝いしますよ」

「そうか。やはりおまえはおれが見込んだだけのことはあるな」

「まあ、そんな」

小夏がぱっと喜色《きしょく》を浮かべた。

おだてるとすぐにその気になるから、小夏という女は実に単純にできているのだ。

七

それから半日経ち、小夏の許にいわし屋に関する情報が次々に集まってきた。

小次郎は小夏に、お房から聞いた話を包み隠さず語り、いわし屋のことを調べるように頼んだ。というより、主眼は千吉と接触した番頭の名の割り出しである。

その話を聞くうち、小夏はお房に同情を寄せ、もし本当に千吉がいわし屋に殺されたのなら断じて許せないと、江戸っ子女の義侠《ぎきょう》心《しん》に駆《か》り立てられ、すぐに行動を起こした。

こういう時に手足となって働くのは、八人いる纏職人ではなく、番頭の松助《まつすけ》と小頭の広吉《こうきち》である。

その二人が揃って石田の家に帰ってきたのは、じりじりと西日が照りつける夕方近くだった。

母屋の奥に十畳の小夏の居室があって、二人はそこへ入るなり、長火鉢の前に陣取った小夏に向かい、

「いやいや、さすが名高いだけあって、いわし屋は大した大店でしたよ、女将さ

ん」

手拭いで首筋の汗を拭いながら、松助が言った。

松助は四十になる堅実な男で、思慮分別もあり、陰ながら石田の家を支えている。妻子持ちで鍋町《なべちょう》に住み、この竪大工町に通っている身だ。

「本町三丁目の三分の一はいわし屋の敷地でして、蔵は一番蔵から三番蔵までありやす。奉公人の数は八十七人で、一年間の商い高ときたら——」

「そんなことはどうだっていいのよ」

小夏が松助の言葉を強く遮《さえぎ》って、

「主とその家族のことを聞かせとくれな」

松助がつづけて、

「家族となるとごく少ないんですよ。主の浪六と倅の加七がいるだけでして」

「番頭は」

「十人おります」

「怪しい奴は」

「さあ、そこまでは」

小夏はがっかりして、

「それじゃ、親子のことを聞かせて」

するとと広吉が膝を進めて、

「浪六は五十前で、十年前に女房を亡くし、それ以来やもめを通しておりやす。商いひと筋、といったところでしょうか」

広吉は副番頭格で、職人たちをまとめる役割だ。三十を過ぎているが独り身で、石田の家に住みこみの身である。不格好《ぶかっこう》な才槌頭《さいづちあたま》を持ち、顔の造作《ぞうさく》も拙《まず》いが、一本気な気性と男気は人一倍で、小夏はいつも頼りになる男だと思っている。

「跡継ぎの伜の方はどうなの」

小夏が問うた。

「これはもう、親父とは似ても似つかない色白のやさ男でして、おまけに子供の頃から利発で賢いお坊ちゃんだったとか」

「目から鼻に抜けるのね」

「長崎へ薬の勉強に二年間行っていて、今年の春に帰ってきたばかりだそうです」

「ふうん……主は商売熱心で、伜も賢いときたら何も言うことはないわね。そんな素っ堅気の親子が、なんだって人殺しを……」

松助と広吉が見交わし合って、

「女将さん、そんなことはありえませんよ」

　松助が言う。

「だって、牙の旦那が」

　小夏が口を尖らせると、松助はそれを封じるように、

「そいつぁ思い違いってもんですぜ、牙の旦那の。千吉って貸本屋は勝手に神田川に落ちたんでしょう。酔っぱらってたのかもしれねえじゃねえですか」

　さらに広吉が追い打ちをかけるように、くそ真面目な顔になって、

「女将さん、以前にも申し上げましたが、あんまり牙の旦那の言うことを鵜呑《うの》みにしねえ方が」

「それはどういうこと」

　小夏がきっとなった。

「牙の旦那がここに住んで、かれこれ一年になりやすが、あっしらから見たら未《いま》だに得体の知れねえお人だ。毎日何をやってるのか、何を考えてるのかさっぱりわからねえ。そいつぁあの人の勝手ですがね、女将さんまで旦那にふり廻されることはねえでしょう」

　広吉の言葉に、松助が得たりとうなずき、

「女将さん、立場ってものをわきまえて下せえよ。しがねえ貸本屋が死んだことより、この石田の家の三代目をきっちり守ることの方がでえじなんじゃねえんですかい」

松助と広吉の二人は、当初より小次郎に対して懐疑的で、快く思っていないのだ。その話し合いはこれまでにもくり返されてきたことなので、小夏は抗弁する気も失せ、はあっ、と大きく溜息を吐くと、

「よくわかった。考えとくわ」

そう言って二人を追い払い、これは自分がやらねばと心に決めた。

八

いわし屋の十番番頭の伊豆八《いずはち》は、謹厳実直《きんげんじっちょく》を絵に描いたような男である。十歳の時に武州《ぶしゅう》川越《かわごえ》の在を出て奉公に上がり、以来、三十年間を愚直《ぐちょく》といえるほどの生真面目さで通してきた。いわし屋では先代から仕えている古参なのだ。長いこと手代《てだい》だったが、二年前にようやく十番番頭に昇格が叶い、それを機に住みこみから店とおなじ町内の長屋住まいとなった。それで着るものも木綿から絹に

変わったが、伊豆八の生活そのものにはさしたる変化はなかった。

融通《ゆうずう》の利かない男だから主の浪六に疎《うと》んじられ、十番番頭になれたのもお情け同然だと伊豆八は思っている。

一番から九番までの番頭たちは伊豆八より年下で、将来に夢を持ち、いずれはいわし屋ののれん分けを楽しみにしている。

しかし伊豆八にその希《のぞ》みはなく、うだつが上がらないままに一生を飼い殺しだと思っている。内心で面白いわけはないが、ほかに生きる術《すべ》もないから、それも自分の身の定めと今では諦めていた。

四十になって嫁もなく、店と長屋を往復するだけの毎日を、伊豆八は砂を嚙むような思いで送っている。

伊豆八が店で唯一親しかったのは下男の茂助で、それが不慮《ふりよ》の死を遂げてしまい、一時は茫然となったものだ。

茂助は馬鹿がつくほどのお人好しで、善良この上ない男だったから、伊豆八は安心して接することができた。また茂助は酒の飲めない男で、無類の甘党だった。それに伊豆八もつき合わされ、二人で饅頭《まんじゆう》を食らっては他愛《たわい》もない世間話に花を咲かせたものだった。茂助の不幸な生い立ちのことも聞かされていたので、伊豆八は同情を寄せ、いわし屋に飼い殺しという点でも自分とおなじだと、より親しみを感じていた。

その茂助のとむらいに行こうとしたら、浪六が理由も言わずに怕い目で止めた。その時の浪六に伊豆八はうさん臭いものを感じ、真相はわからぬまでも、もやもやとした不審は今でも持ちつづけているのだ。

その日も店で晩飯を食べ終え、裏土間から表へ出た。

昼の暑さが嘘のような、ひんやりとした夜風が吹いている。

ひょいと見やると、一番蔵には今日も煌々《こうこう》と灯が灯《とも》っていた。

若旦那の加七がそこに籠もり、ある新薬をこさえているのだ。浪六も加七も新薬を作っているとは店の者に言わないが、そのことを伊豆八は知っていた。

加七のやっていることは当然のことながら口止めされていて、蔵に出入りするのは浪六と、あとは飯を運ぶ女中ぐらいで、大番頭以下の者たちは、ふだんは加七の存在さえ忘れたかのようにして日常を送っている。

だが伊豆八だけは若旦那がひそかにやっていることがどうしても気になり、いろいろと探った末に、おぼろげではあるがそのなんたるかをつかんでいた。しかしそれはとても人に言えることではなく、胸の奥深くにしまいこんでいる。

（それにしても、よく飽《あ》きもせずに毎日閉じ籠もっていられるものだな……）

　加七はこのところ蔵から一歩も出ず、店の者たちとも滅多《めった》に顔を合わさずに新薬作りに没頭している。それは異常といえば異常なのだ。

　ちょっと迷ったが、伊豆八は忍び足で一番蔵へ近づいて行った。

　二番蔵とは隣接しているから、海鼠壁《なまこかべ》に足をかけてよじ登り、難なく天窓のある所まで辿り着いた。

　覗き見た伊豆八の顔に、さっと緊張が走った。

　裸蠟燭の許で、浪六と加七が何やら仔細《しさい》ありげな様子で話しこんでいる。

　蔵の半分は座敷になっていて、そこに薬研《やげん》が幾つか置かれ、調合中の薬種などが散らばっている。その乱雑さを見ただけで、加七がいかに新薬作りに熱中しているかがわかる。

　伊豆八とて素人《しろうと》ではないから、大抵の薬種に関しては知識を持っているつもりだが、どう目を凝らしても、そこに並べられた薬種の袋は見たこともないものばかりだった。どこから取り寄せたものなのか、店では扱っていない品々なのである。

　天窓は閉じられてあるから、話し声は聞こえなかった。

　蔵のなかは暑いらしく、浪六と加七の顔は汗でてらてらと光っている。その異様にぎらついた二人の顔は、強欲のかたまりのようにも見えた。

九

伊豆八には馴染みの居酒屋があって、毎日仕事が終わればそこへ立ち寄ることにしている。十坪ほどの小さな店だ。

店は「たぬき」といい、伊豆八とおなじ歳の亭主の助六《すけろく》は、屋号同様に狸顔である。二人は二十年来の古馴染みだから、言いたいことを言い合い、遠慮《えんりょ》のない仲になっている。

その宵の客足は少なく、奥に見知らぬ浪人者と町人女が差し向かいで飲んでいるだけだった。

なんとはなしに重い溜息を吐き、伊豆八が飯台《はんだい》の前に座ると、助六が酒と小料理を運んできた。店は助六が一人でやっているのだ。

「なんだよ、やってくるなり辛気《しんき》臭え溜息なんか吐きやがって」

助六が言うと、伊豆八は手酌《てじゃく》で酒を飲みながら、

「放っといておくれ。ただやるせないだけなのさ」

「へん、また愚痴《ぐち》が始まったか」

「この世はどうして公平にできてないのかねえ。身を粉《こ》にして働いてるつもりなのに、あたしの場合はそれが当たり前で、大して働きもない奴が出世していく。面白くないいじゃないか」

先月に九番番頭に取り立てられた男は二十八の若さで、軽く伊豆八を追い抜いていったのだ。

「そりゃおめえの要領が悪いからだ。この世はな、くそ真面目にやってりゃいいってもんじゃねえんだぞ」

「そうは言っても、あたしにはこの生き方しかできないよ」

「いいんじゃねえのか、人は人だよ。こつこつやっておまんまが食えりゃ、それでよしとしなくちゃいけねえやな」

「そ、そんな気持ちになれったって……」

不器用者らしく、伊豆八は憮然《ぶぜん》とした面持ちになった。

そこへ数人の客が入ってきて、助六はそっちへ行ってしまった。

伊豆八がまたやるせなく酒を飲もうとすると、奥の町人女が席を立ってこっちへひらひらとやってきた。その手に銚子一本と自分の盃《さかずき》を持っていて、女はそれをとんと飯台に置いた。

伊豆八が面食らった顔を上げると、にこやかな笑みでその前に座ったのは小夏である。

「聞こえちゃいましたよ」

伊豆八は女に自信がないから、色黒で造作の悪い顔をどぎまぎとさせて、

「な、なんのことで……」

「たった今、やるせないって」

「ああ、確かに」

「これ、飲んで下さいな」

小夏が持ってきた銚子で、伊豆八に酌をした。

「いや、見ず知らずなのにそういうことはよくありません」

さらに声を落として、

「それにおまえさん、お連れさんがいるじゃありませんか」

こっちに背を向けている浪人の方をちらっと見て、怖気づいたように言った。

その浪人は小次郎である。

「そんなこと気にしないで飲みましょうよ」

笑みを含んだ目で、小夏が言った。

小夏は十人のいわし屋の番頭を片《かた》っ端《ぱし》から調べ上げ、ようやく千吉の接した相手が伊豆八とわかった。

小夏一人ではとても十人は調べきれないから、彼女の実家である槍屋の職人の何人かを父親に頼んで廻して貰い、それらを手足として使った。職人たちは小夏を幼い頃から知っている男たちばかりだったから、お嬢さんのためならと、喜んでひと肌脱いでくれた。松助と広吉には二度と頼むものかと、意地にもなっていた。

伊豆八の馴染みの居酒屋が判明すると、小次郎に早速ご注進をした。

それで二人は術策を練《ね》った末、こうしてたぬきで網を張っていたのだ。

以前にも小次郎の頼みでこういう事件の手助けをしたことがあり、その時も今宵のように胸が躍《おど》ったことを小夏は憶えていた。

(あたしって、こういうことに向いてるのかしら……)

元々が好奇心の強い気性だから、むべなるかな、なのである。

「この世が嫌になったなんて、思わない方がいいですよ。渡世なんてものは照る日曇《くも》る日なんですから、そのうちいいこともありますよ」

「おまえさん、若いのにいいことを言いなさるね。苦労人なんですか」

「ええ、まあ……おや？」

と言って、小夏は鼻をくんくんさせて、

「薬の臭いがする」

「わかりますか」

「お仕事は生薬《きぐすり》屋さん」

「そうなんです。本町三丁目のいわし屋の十番番頭ですよ」

伊豆八と申しますと言って、膝に両手を置いて律儀《りちぎ》に挨拶《あいさつ》をした。

「まあ、天下のいわし屋さんで番頭さんなんて、それは大したものだわ」

「いいえ、番頭とは名ばかりで、手代に毛の生えたようなものですよ」

そうして飲むほどに伊豆八は酔いが廻ってきて、

「まだおまえさんのご身分を伺っておりませんね」

頭をゆらゆらさせながら小夏を見て、ぎょっとなった。

いつの間にか小次郎が席を移ってきていて、伊豆八の前に座っているではないか。

「こ、これはとんだご無礼を」

小次郎に文句でも言われるのかと、伊豆八が青くなった。

「よい。何も怖れることはないぞ」

小次郎はおだやかな声で言うと、

「おまえに聞きたいことがある」

「へ、へえ」

「千吉という貸本屋を知っているな」

「………」

伊豆八がにわかに落ち着きを失った。

「茂助という下男の死について、千吉にいろいろ聞かれたはずだ」

伊豆八は困惑の表情で押し黙っている。

「なぜ黙っている」

「え、いえ、あのう……確かに千吉さんに呼び出されて何度か、会うことは会いましたが……」

口籠もり、伊豆八がうなだれた。

「会ってどんな話をした。おまえは千吉に何を打ち明けたのだ」

「そいつぁ、ちょっと」

動揺を鎮めるためか、伊豆八が立て続けに酒を呷った。

「お店《たな》のためにならないことなんでしょ、伊豆八さん」

小夏が問うた。

伊豆八は無言だ。

すると小次郎がぐっと身を乗り出し、

「伊豆八、よく聞くのだ。おれはいわし屋に何かよからぬ秘密があると思っている。その秘密のために人が二人も死んでいる。どうしても真相を暴きたいのだ」

「……」

「伊豆八さん、知ってるんでしょ」

これは小夏だ。

伊豆八が不可思議な顔を上げて、

「ちょっと待って下さい、二人も死んでるとはどういうことですか」

「一人は茂助、もう一人は千吉だ」

小次郎が言った。

「ええっ、そんな……千吉さん、死んだんですか」

「殺された疑いがある」

小次郎が言うと、伊豆八は愕然となって絶句した。

「こ、殺された……」

あまりのことに、伊豆八は衝撃で口許をわなわなと震《ふる》わせている。

「茂助さんのことを聞いて廻ったら、皆さん言うことがおなじなんです。茂助さんて人はまるで仏様みたいにいい人だったって。そうなんですか」

小夏の言葉に、伊豆八が揺さぶられて、

「ええ、その通りですよ。茂助は生き仏みたいに心のきれいな奴でした。それに千吉さんだって、男気のある立派な人だったんです」

そこまで言うと、伊豆八の目からぽろぽろと泪がこぼれ落ちた。

十

次の日、小次郎の姿は神田川を下《くだ》る渡し船のなかにあった。

日差しが強く、女の乗合客の二、三人は日傘を差している。

（夏ももう終わりだな）

前方を見据え、心地よい川風を受けながら小次郎はそう感じていた。

強い日照りは昼の一時《いっとき》で、日が傾く頃には気温はぐっと下がった。京の都大路《みやこおおじ》は今頃もっと暑かろうが、関東のこのしのぎよさは格別だった。

江戸に住んで一年が過ぎたが、もはや京の都へ帰る気はなかった。さりとてこの地に骨を埋めるつもりはさらさらなく、わが身は行方《ゆくえ》定めぬはぐれ鳥だと思っている。江戸に飽きたら、またいずこへか流れて行けばよいのだ。

(おれは風来坊)

そう思っている。

京の都におわす父母のことを思わぬことはなかったが、おのれはもうあそこから巣立ったのだ、というのが小次郎の今の存念だ。この世にあって、すべては仮の宿と思っているから、人の住処《すみか》などには頓着しないことにしていた。

それは虚無《きょむ》とはまた別の、小次郎の信条のようなものであった。

(それにしても……)

昨夜、伊豆八から聞かされた話には少なからぬ驚きを覚えた。

まず茂助の死について、伊豆八はこう述べた。

「死ぬ前の晩のことでした。茂助があたしに相談にきたんです。若旦那が新しい薬をこさえて、その効き目を試したいから呑んでみてくれないかと、旦那様から言われて黒い丸薬を渡されたそうです。なんの薬なのかと茂助が聞くと、よくある腹薬だ、何も心配はいらないよと、旦那様は笑って言ったらしいんです。茂助はそれが不安らしく、それであたしに相談をぶったんです。よくわからない薬を呑んで、躰でも壊したらどうしようかと言うんです。あたしもそれは無理もないと思ったので、それなら呑まずにおいてあとで旦那様に効き目を尋ねられたら、結構なお薬でしたと言っておけばいいと、そう入れ知恵をしておいたんです。ところが翌朝になって、薪を割っていた茂助が突然苦しみだしたので、大騒ぎになったんです」

その時のことを思い出したのか、伊豆八は心を烈しく乱した様子で、

「い、医者を呼んで手当てをしましたがその甲斐もなく、茂助はあっという間に息を引き取ってしまいました。医者の診立《みた》てでは、心の臓の発作ではないかと言うんです。それでそういうことになったんですが、あたしは腑《ふ》に落ちません。どうしても合点がいかないんですよ。若旦那のこさえた薬を、茂助は律儀者ですからやはり悪いと思って呑んだんじゃあるまいか。それを見ていた者は誰もおりませんから、茂助が薬を呑んだか呑まないかはわからないんです。けどあたしは、きっと呑んだものと思っています」

茂助の骸の様子を尋ねると、顔が青黒く変色して見えたと、伊豆八は怖ろしげに語った。

やはり千吉が銀かんざしで調べた通り、茂助は毒殺されたのだ。

新薬のことを聞くと、伊豆八は青褪《あおざ》めたような顔になり、

「旦那様と若旦那がひそひそと内密の話をしているのを、ちらっと小耳に挟んだことがあります。その時、黄泉知らずという薬名が聞こえたんです」

「黄泉知らず……それを聞いておまえはなんの薬だと思った」

小次郎の問いに、伊豆八は慎重に言葉を選ぶようにしながら、

「たぶん、不老不死の薬じゃないかと……そうでなければ、そんな薬名はつけますまい。以前に大坂の生薬問屋が、やはり不老不死の薬を作って世間を騒がせたことがあります。そっちは結局嘘の薬だということになって、その問屋は大坂奉行所からきついお咎《とが》めを受けたそうです。その時の薬名が確か、冥土《めいど》知らずでしたよ」

小次郎が皮肉に笑って、

「なるほど、それでこっちは黄泉知らずか」

「若旦那の加七さんは長崎帰りですから、向こうでそういう知恵を授かったとしてもちっともおかしくありません。喜び勇んで江戸へ帰ってきたんじゃありませんか。そんな薬が本当にできたら、いわし屋としては大儲けですからね」

「死なぬ薬など、できてたまるものか」

その時、小次郎は吐き捨てるように言ったものである。

貸本屋の千吉については、伊豆八は次のように証言した。

「茂助が死んで二、三日した頃、千吉さんがあたしに当たりをつけてきました。あの人ははっきりものを言う人で、茂助が死んだのは毒殺だと、あたしの長屋に訪ねてくるなりそう言ったんです。それであたしも変に思ってることを、千吉さんに打ち明けました。それからまた次の日も長屋にきて、今度はいわし屋のなかの様子や、旦那様、若旦那のことなんぞを聞いていきました。その後どうしたわけかぱったり姿を見せなくなって、あたしは千吉さんのことがずっと心にひっかかっていました。それがまさか殺されていたなんて、思いもよりませんでしたよ」

殺されたのは本当なのかと伊豆八が聞くから、千吉が不自然な形で神田川で溺れ死んだ話をした。

すると伊豆八は表情を曇らせ、気がかりな様子で考えこんだ。

「何か思い当たることでもあるのか」

「いえ、そのう……これは考え過ぎなのかも知れませんが……」

「言ってみろ」

「世間には隠してますが、旦那様にはよからぬ奴とのつき合いがあるんです」

「どんな奴だ」

「深川六間堀《ろっけんぼり》に大きな店を張る駕籠留《かごとめ》という駕籠屋で、旦那様はそこの親方と親しいんです」

「駕籠留……」

「親方は留蔵《とめぞう》というんですが、抱えてる駕籠舁《か》き人足は気性の荒いのばかりで、なかには島帰りや寄場《よせば》帰りもいるそうなんです。そんな駕籠屋ですから世間の評判も悪く、大番頭さんが何度も留蔵なんぞとつき合わないように言っても、旦那様は頑《がん》として聞き容《い》れません。困ったことが持ち上がると決まって留蔵に相談するんです。むろん只のはずはありませんから、きっと法外な銭をふんだくられてるものと思われます。けど大抵の悶着は留蔵がぴたっと止めてくれます」

そこで伊豆八はひと息吐くと、

「それが十日ほど前に、旦那様に呼ばれた留蔵が店の裏から入ってくるのと出くわしました。どんな話できたのかわかりませんが、今思えばあれは……」

伊豆八の顔が疑惑に歪んだ。

十日ほど前といえば、千吉が溺死《できし》する数日前のことになる。

「その留蔵というのはどんな男だ」

小次郎が聞くと、伊豆八は忌《い》まわしいような表情になって、

「留蔵は剣竜山《けんりゅうざん》という元力士なんです。雲を衝《つ》くような大男で、あたしなんぞは怖ろしくってまともに顔を合わすことができません」

小次郎としては、それだけ聞けば十分だった。

渡し船は神田川から大川の流れへ入り、両国橋《りょうごくばし》を潜《くぐ》って、新大橋《しんおおはし》の船着場へ着岸した。

小次郎はそこで下船した。

河岸へ上がれば、そこはもう深川六間堀なのである。

十一

「そらっ、胸を貸してやる。かかってこい、この野郎」

下帯一つになった留蔵が、ぐっと睨んで身構えた。

その前にいるのは、共に下帯だけになった駕籠昇きの権六《ごんろく》という男で、人並以上の体格ではあるが、留蔵と比べれば大人と小人である。

留蔵は元力士だけあって、六尺豊かな巨漢なのだ。

権六はわなわなと怯えていて、今にもへたりそうになっている。

「親方、勘弁して下せえ。悪気はなかったんですよ。嬶《かか》ぁが寝ついたもんで、つい魔が差しちまったんでさ」

「どんな事情があろうがな、おれの知ったこっちゃねえ。いいか、おめえが駕籠代をくすねたことに変わりはねえんだ。いつからそういうことをやっていた。ゆんべのことが見つからなかったら、おめえはずっとつづけるつもりだったのか」

粘液質な留蔵の言い方だ。

「いいや、ゆんべ限りでござんすよ。も、もう二度とやりやせんから」

権六が哀願《あいがん》しても、留蔵は聞く耳持たず、

「このおれをこけにしてただで済むと思うなよ。さあ、かかってこい」

「くうっ」

権六が泣きっ面《つら》で留蔵に突進した。

それをがっぷり受け止め、留蔵は小動物をいたぶる獣のような咆哮《ほうこう》を発し、思い切り土俵に叩きつけた。

そこは駕籠留の家のなかに設《しつら》えられた土俵で、留蔵は毎日ここで駕籠舁きを相手に相撲《すもう》を取っているのだ。

次に権六の躰は下帯をつかまれて持ち上げられ、板壁に激突させられた。

「ぎゃあっ」

絶叫を上げて転げ廻る権六を、さらに留蔵がつかみ取り、取り組んだ。そして引き落としにかけ、四つん這《ば》いになった権六の腹を横からつづけざまに蹴った。腹を蹴られた権六が黄色い液体を吐瀉《としゃ》する。

「おれのしごきはこんなもんじゃ終わらねえぞ。まだまだこれからだ」

「親方、許して下せえ」

泣きの泪で命乞いする権六の横っ面が、つづけざまに張られた。

権六が顔から血を流してうずくまる。

そこへ駕籠舁きの一人が急ぎ足でやってきた。

駕籠舁きは、仲間の権六を痛ましい目で見ながら、

「親方、客人が見えてやすが」

「誰でえ」

「へえ、それが見たこともねえ浪人者で」

「用はなんだ」

「貸本屋の千吉のことで、話があるとか言ってるんでさ」

「………」

留蔵の形相《ぎょうそう》が一変した。

留蔵は足音荒く客間へ入ってきて、ひっそりと座っている小次郎を見て鼻でせせら笑った。

（こんな痩せ浪人なら屁《へ》でもねえ）

そう踏んで、小次郎の前にどっかと座り、

「貸本屋の千吉がどうしたってんだ。てめえは何を言いにきた。いい度胸してるじゃねえか」

山のような巨体で威圧し、間近で小次郎に三白眼《さんぱくがん》を向けた。

小次郎が静かに留蔵を見て、うっすら侮蔑《ぶべつ》の笑みを湛《たた》えた。

こういう手合いに、礼を尽くす必要はないのだ。それで事を分けて話す気も失せた。

「貸本屋の千吉を、神田川に突き落としたのはおまえだな」

いきなりの小次郎の言葉に、留蔵が動転した。

「なんだ、なんの話をしてるんだ。てめえは正気か。どっかおかしいんじゃねえのか」

「おまえほど狂ってはいないつもりだ」

留蔵が顔色を青くして、

「誰にもの申してると思ってるんだ、てめえは」

「粗暴なふるまいが多く、そのため贔屓《ひいき》の大名家から見放され、今では駕籠舁きどもを相手に威張りちらすしか能のない大馬鹿者。それがおまえだ」

留蔵の顔が今度は赤くなり、

「喧嘩を売りにきたのか、上等じゃねえか」

「千吉殺しを頼んだのは誰だ」

とっさに留蔵の視線が泳いだ。

「わかっているが、それをおまえの口から聞きたい」

「うぬっ」

留蔵が憤怒をみなぎらせて動く前に、小次郎がすばやく手を伸ばし、留蔵の左手首をつかんだ。

するとどうしたことか、留蔵が悲痛な叫び声を上げた。

「があっ」

大きな躰がずしんと横向きに倒れた。

小次郎は手首を放さず、それをたぐり寄せると一気に力を加えた。一瞬の出来事だ。

ごきっ。

腕の骨が折れた。

「うぎゃあ」

赤子《あかご》のような声を漏らし、留蔵が痛みに泪を流す。

「もう一度聞く。誰に頼まれた。言わぬともっと痛い目を見ることになるぞ」

「………」

留蔵の泪が止まらない。

だが小次郎がじりっと膝行《しっこう》した刹那《せつな》、留蔵の右手が伸びて小次郎の首にかかった。そのまま渾身《こんしん》の力で絞めつける。

小次郎は動きがとれず、体勢を崩した。

その機に乗じ、留蔵が半身を起こして小次郎にのしかかってきた。巨体が馬乗りになり、片手でぐいぐいと小次郎の首を絞める。

息ができず、小次郎の顔が苦悶《くもん》に歪んだ。

「この野郎、このままあの世へ送ってやる」

留蔵が悪鬼さながらに絞めつづける。

その時、小次郎の手が再び留蔵の骨折した腕を取り、ねじ曲げた。

「あうっ」

激痛に叫び、留蔵が小次郎から離れて畳の上をのたうち廻った。

小次郎が身を立て直し、刀を取った。抜刀して白刃を留蔵の喉《のど》に押し当てる。

「よせ、やめろ。殺さねえでくれ」

「では申せ」

「………」

かちゃっ。

白刃が留蔵の耳のそばで音を立てた。

「お、おれぁ、頼まれてやっただけだ」

「誰に頼まれた」

「………」

「鼻を削《そ》ぐか、耳を斬り落とすか」

留蔵がぶるっとなって、

「いわし屋の浪六旦那だ」

「浪六はなんと言って頼んだ」

「目障《めざわ》りな奴がいるから、自分で死んだように見せかけて殺してくれ。浪六旦那にそう言われた」

「それで」

「千吉をつけ廻して、隙を見て柳原《やなぎわら》土手から突き落とした。そうする前に気づかれたんで五、六発ぶん殴った。ぐったりした奴の背中を一気に押したんだ」

「浪六は詳しいわけは言わなかったのか」

「聞いてねえ。いつものことだ。わけなんかどうだっていいのさ。浪六旦那からたっぷり銭を貰えりゃそれでいい」

「立て」

厳しい小次郎の声だ。

「どこへ行くんだ」

留蔵がまごついた目を上げた。

「大番屋だ。おれが連れてってやる。役人の前でおなじことをまた言うのだ」

「ど、どうしておれだけ……浪六旦那はどうするんだ」

「……」

それには答えず、小次郎が冷酷な目でうながした。

十二

石田の家の離れに小次郎、小夏、三郎三、田ノ内が集まっていた。

小次郎が三郎三につなぎをとり、留蔵は南茅場町《みなみかやばちょう》の大番屋の仮牢へ入れられた。

そこで駆けつけてきた田ノ内共々、改めていわし屋浪六の謀略《ぼうりゃく》が明らかになった。それだけで十分に浪六を召捕ることはできるのだが、小次郎が待ったをかけた。

「一網打尽《いちもうだじん》がよろしかろう」

小次郎の意見であった。

では浪六、加七の親子をどうやって追いつめるか、その協議にこうして大番屋から石田の家へ移動してきたのだ。

小夏もこの一件には関わりを持っているから、それにはすぐに参加した。

外はすでにたそがれて、うす暗かった。

「しかし、いわし屋もいいところに目をつけたものじゃな。不老不死の薬なら誰でもとびつくであろう」

田ノ内の言葉に、だが小次郎は否定的で、

「生きとし生ける者、生があって死がある。死はいつの日か、受け入れねばならぬ。それゆえに明日を大事に生きようと思う。もの言わぬ獣たちでさえ、そう思うているやもしれぬ。そんな天の定めに逆らってなんとしますか。不老不死の妙薬など、あってはならぬとわたしは思いますぞ」

「は、はあ、確かにそれは……」

田ノ内が口籠もると、小夏が目を輝かせて、

「でもそれが目の前にあったら、あたしは呑んじまうかもしれませんね。だって浮世はとても楽しいんですもの、ずうっと生きていたいと思うじゃありませんか」

すると三郎三が反論して、

「女将さんは恵まれてるからそう思うんですよ。そうじゃねえ人は、一日も早くこの世からおさらばしてえでしょう。貧乏人は死ぬまで貧乏なら、この先百年も二百年も誰が生きてえと思いやすか。あっしもそんな薬はいりやせんね」

「そうか、わかったぞ」

田ノ内がぽんと膝を打ち、

「不老不死の薬より、若返りの薬はできぬものかのう。それならわしは大歓迎なん

じゃ。これでも若い時はおなごからよう付け文《ぶみ》を貰うたものじゃよ」

老いて鶴のように痩せた田ノ内が言うと、それはいかにも実感で、座の笑いを誘った。

「それで旦那、これからどうしやすね。いわし屋の親子をこのまま放っとくわけに
ゃいきやせんぜ」

三郎三が真顔になって言い、田ノ内も膝を進めて、

「牙殿は一網打尽と申されるが、親子を早急に押さえねば黄泉知らずが出廻ってし
まうやもしれませんぞ」

「わかっています。それで今宵、乗りこむつもりでおります」

「お一人でか」

田ノ内が表情を引き締めて言う。

小次郎がそれへうなずくところへ、女中が母屋から駆けてきた。

「女将さん、いわし屋の番頭さんがきてますけど、お通ししてよろしいんですか」

女中が言うから、小夏がすぐにここへと応じ、間もなく伊豆八がやってきた。

伊豆八は小次郎の前に座るなり、同心と鬩っ引きの姿にたじろぎ、萎縮《いしゅく》したよ
うになった。

「伊豆八、気にせずともよいぞ。田ノ内殿も三郎三も、おれが気を許した仲間なのだ」

「は、はい……」

田ノ内たちへ曖昧な会釈をしておき、それでも伊豆八は居心地悪そうにしている。

小夏がその様子に察しをつけ、田ノ内と三郎三に目顔でうながした。

そうして三人が席を外すと、伊豆八はほっとしたように、

「いや、くるなりお役人方がおられるので肝《きも》を冷やしました。どうもああいう人たちは苦手でして」

「今日はどうした、何かあったのか」

「牙様、駕籠屋の留蔵は捕まったんでございますね」

確かめるように言った。

「耳が早いな。誰から聞いた」

「旦那様が大番頭さんに、留蔵がそうなったことを話してるのを聞いたんです。旦那様はあっちこっちのお役人に通じておりまして、そういうことを知るのが早いのです」

「浪六はなんと言っていた」

「どんな罪科《つみとが》で留蔵が捕まったのか、大番頭さんに調べてこいと言っておりました。旦那様は取り乱しておりまして、何も手につかないご様子で」

「それは無理もないな」

小次郎の頬に皮肉な笑みが浮かぶ。

「ところがそこへさるご身分ある御方の使いが参りまして、旦那様は気を取り直されて少し前にお出かけになられました」

そこで伊豆八は眉間《みけん》に皺《しわ》を寄せ、

「その時に旦那様は一番蔵へ入って、それからお出かけになったんですが、あたしは嫌な予感がしてなりません。そのことをお伝えしたくて参りました」

「どういうことだ」

「前にもお話ししましたが、一番蔵は若旦那が新薬をお作りになっていた所なんです。ですから旦那様は例の薬を持ち出したんじゃないかと、とっさにそう思ったのです」

小次郎が目を険しくして、

「加七はまだ薬を作っているのか」

「いえ、それが……若旦那は今日の昼過ぎにいわし屋を出られました」

「どこへ行った」

「恐らく向島《むこうじま》の寮ではないかと。留蔵が捕まって何が起こるかわからないので、旦那様が安全な所へ行かせたのだと思います」

「して、その身分ある者とは何者だ」

「ご大身《たいしん》のお旗本で、以前に禁里付《きんりづき》のお役をなされておられました大久保伊予守《おおくぼいよのかみ》様でございます」

「…………」

小次郎の面上《めんじょう》になつかしいような、意味深い色が浮かんだ。それは明らかに見知っている人間のようである。

「浪六の行く先はどこかわかるか」

「駿河台《するがだい》下の春仙《はるせん》と申す料理茶屋でございます。旦那様は大久保様とご昵懇《じっこん》で、呼び出されてはいつもそこで会食をなされるんです」

「わかった。よく知らせてくれた」

十三

「春仙」は数寄《すき》を凝らした料理茶屋で、緑豊かな庭園に泉水《せんすい》がせせらぎを奏《かな》で、またそれらの景観を際立たせるために雪洞《ぼんぼり》が幾つも灯され、風雅な宵を演出している。

そこの広座敷で、大久保伊予守といわし屋浪六が向き合い、宴を張っていた。

余人の姿はなく、二人だけである。

時折、かーんという鹿《しし》おどしの音が、夜の静寂によく響いている。

大久保は三十前と思われ、磊落《らいらく》な人柄らしく、気宇《きう》壮大な態度で悠然《ゆうぜん》と酒を飲んでいる。

この男の元の役職の禁里付というのは、京都所司代に直属し、皇居の守護と朝廷の経費を掌《つかさど》るもので、堂上《とうしょう》との交際もあるから格式が高く、与力五騎、同心四十人をその支配下に置く重職である。

しかしそれも二年前までのことで、今の大久保は無役で悠々自適の日々を送っている。

「いわし屋、どうかな。商いはつつがなく廻っておるか」

大久保が話を向けると、浪六は恐縮の体《てい》を見せながら、

「はい、お心遣い痛み入ります。ですが御前《ごぜん》様、商いの方はともかく、少しばかり困ったことが持ち上がりまして」

言いながら、浪六は抜け目なく大久保の顔色を窺う。

「何があった、申してみよ」

「は、はい……」

浪六が言い淀んでいる。

「ははは、おまえらしくないではないか。旧いつき合いなのだ、困ったことはなんでも申すがよい。面倒な揉め事なら、わしが目付《めつけ》でも町奉行でも引き合わせるぞ」

「そ、そうして頂けると……あ、いえ、御前様にこんなことをお願いしては」

「なんぞ災いでもふりかかったか」

「仰せの通りでございます。実は駕籠留と申す無法者がおりまして、これが人を手にかけたのですが、あろうことかこのあたくしとぐるであるかのように言い触らしているとか。見知らぬそんな男に勝手な言いがかりをつけられて、大変な迷惑を被《こうむ》っておるしだいでございます」

「それは怪《け》しからんな」

「なんとかなりましょうか」

「よし、わかった。わしが明日にでも月番奉行に掛け合ってやろう」

浪六がみるみる喜色を浮かべ、

「そうして頂ければ、身に余る幸せでございます」

平伏するのを、大久保が手で払い、

「よさぬか、いわし屋。わしとその方の仲ではないか」

「へへっ」

畳に額をすりつけ、浪六はすっかり憂いの取れた表情になって、

「御前様、今日は妙薬をひとつ、持参致しました」

「妙薬とな。はて、どんな薬だ」

「不老不死の薬でございます」

「なんと」

「まだどなたも呑んでおりません。これを服薬すれば百年は生きられますぞ」

とたんに大久保が呵々大笑《かかたいしょう》して、

「そのような折り紙をつけてなんとする。誰が百年後のわしを目にするというのじゃ」

「あたくしでございます」

「もう呑んだのか」

「はい。不老不死どころか、大変元気の出る薬でございまして、昨日までの自分ではないような気が致します。すっかり若い頃に戻りました」

「うむ……」

大久保は半信半疑でいたが、百年の誘惑に心が動いたのか、

「では、呑んでみるか」

「それがよろしゅうございます」

浪六がふところから大事そうに白い袱紗《ふくさ》包みを取り出し、なかを開くと、そこに黒い丸薬がひと粒あった。

「おお、これか」

「さっ、どうぞお呑み下されませ」

大久保が丸薬を手に取り、ためつすがめつしていたが、ぽいと口へ入れかけて、

「何やら妙な気分だな」

「御前様」

浪六にうながされ、大久保がまた丸薬を呑みかけた。

そこへ突然唐紙《からかみ》が開けられ、小次郎が入ってきた。

「伊予、それを呑んではならぬぞ」

小次郎の姿に、大久保は驚愕し、

「こ、これは……」

丸薬を袱紗の上へ戻し、その場にひれ伏した。

浪六は何がなんだかわからず、うろたえ、まごついている。

大久保がその浪六を叱るように、

「いわし屋、頭《ず》が高い」

「ご、御前様、この御方はいったいどこのどなた様で」

大久保は顔を伏せたままで、

「この御方は秀宮親王《ひでのみやしんのう》様であらせられる」

「はあ？」

「またのお名を正親町高熙《おおぎまちたかひろ》様と申され、お父君はおん帝の外祖父であらせられる。

雲上人《うんじょうびと》なのじゃ、下がりおれ」

「うへえ、それはなんとも」

浪六がとびのくや、平蜘蛛《ひらぐも》のようになってわなわなと平伏した。

小次郎は両者の間に座り、丸薬を手にすると、

「これを呑むと百年どころか、たちどころにあの世行きだ」

大久保が恐る恐る顔を上げ、きっと浪六を睨んで、

「いわし屋、なぜじゃ。なぜこのわしを毒殺せねばならん」

「あ、いや、お聞き届け下さいませ。これはあたくしの伜が彼《か》の長崎の地にて、唐人から製法を伝授された秘薬でございます。それが研鑽《けんさん》に研鑽を重ねた末にようやく完成致しまして、何はともあれ、日頃よりお世話になっている御前様に呑んで頂こうと、それでこうして。なんであたくしが御前様を亡き者に致しましょう。邪《よこしま》な気持ちなど毛頭ございません」

赤面汗顔の体の浪六が、醜いほどに必死で釈明《しやくめい》する。

小次郎はそれへ冷やかな目を向け、

「おまえはこれをすでに呑んだと申したな」

とっさに浪六は視線を泳がせるが、

「はい、呑みました。それゆえに御前様にお勧めしているのです。この通り、あたくしはぴんぴんしてございます」

虚勢を張ってみせた。

「これひと粒で百年とするなら、もうひと粒吞んでみたらどうだ。二百年生きられればこの上もない幸せであろう」

浪六が青くなって尻ごみし、

「そ、その必要は……あたくしはもう十分でございます」

大久保が浪六を睨み据え、膝を進めて、

「吞め、いわし屋。わしの目の前で吞んでみよ」

「………」

「どうした、いわし屋」

大久保が大喝《だいかつ》した。

だが浪六は何も言えなくなり、ひたすら身を縮めるばかりである。

小次郎がその様子を見て冷笑し、

「おのれで吞まぬものをよくも人に勧められるものだな。伊予はおまえを信じて疑わぬようだが、おまえの方はそうではあるまい。いかがわしいこの薬を売りつけて、金にさえなればよいとそう思うていたのであろう。見下げ果てた下郎《げろう》め、卑《いや》しいその心根が許せん」

浪六は消え入りそうな風情で、押し黙ったままだ。

「伊予、ゆめゆめこのような者と交わってはならぬぞ」

「は、はい、しかしいわし屋は何ゆえこのようなことを」

「欲にかられ、人が作ってはならぬものを作ったのだ。そのために二人もの人間を死なせている。この男はもはや救いようのない大罪人、上《かみ》の裁きに委《ゆだ》ねるがよかろう」

「相わかり申した」

大久保が毅然《きぜん》と言い放ち、手を叩いて人を呼んだ。やがて別室に控えていた家臣数人がやってくると、浪六を町方へ引き渡すように命じた。

浪六が家臣たちに腕を取られ、連れ去られて行く。

二人だけになると、大久保は改めて小次郎へ叩頭《こうとう》して、

「いや、驚きましたぞ。親王様がいかにして江戸におわしまするか」

「気まぐれだ」

「それでは説明になりませぬ」

小次郎が自嘲《じちょう》するように、

「おれははみ出し貴族なのだ。公家の境涯《きょうがい》から抜け出し、よその風に吹かれたくなって江戸へ出て参った。それだけの理由で、目的も何もない」

「しかしさぞやご親族方が、ご心配なされておられましょうほどに」

「いや、そうでもないぞ。父と母はおなじ堂上にあって別々の生活をしている。つまりは仲が悪うて離縁したのだ。また父も一風変わったお人柄ゆえ、おれの出奔《しゅっぽん》は大いによろしいと、送別してくれた。ゆえに後ろ髪は引かれておらぬ」

「はあ……」

「それよりその方はどうしていた」

「はっ、今はお役も解かれ、無役にて好き勝手に暮らしております る」

「それもまたよいではないか。都では世話になったな」

大久保が豪放《ごうほう》に笑い飛ばし、

「親王様のやんちゃを諫めるため、みどもがどれほど苦労させられたか。いやいや、恩に着せるつもりではござりませぬぞ。あの頃はみどもも楽しうござった」

「都大路も江戸もおなじだ。人が集まる所にはかならず葛藤《かっとう》が生まれ、悶着が起こる」

「それを親王様は京の都でもやっておられました。みどもはひたすらその火消し役でござった」

「事が納まったあとで飲む酒は、格別にうまかったな」

「幾たびかの宴が忘れられませぬ。親王様、これを機にいかがでございますするか、再びご昵懇にして下さりませ」

「それは断る」

小次郎の返事はにべもない。

「それは何ゆえでござるか」

「昔のおれを知る人間と、この江戸で交わるつもりはない。都でのことは過ぎし夢と思うてくれ」

「それは殺生《せっしょう》というものでござりましょう。お住まいはどちらに？　ご不自由はしてござりませぬか」

「世話をかけるのはなおさら好まぬ」

「いや、されど……」

「伊予、一期一会《いちごいちえ》という言葉があろう」

「ならばみどもの方で、手を尽くして探してみせまするぞ。風変わりなえせ浪人を尋《たず》ぬれば、すぐに見つかりましょう」

「ふん、好きに致せ」

ぶっきら棒に言って小次郎は立ち去った。

まるで白日夢でも見たように大久保はそれをぽかんと見送っていたが、やがて何がおかしいのか一人で高笑いを始めた。

小次郎が雅な雲上人なら、この男は竹を割ったような坂東武者《ばんどうむしゃ》なのである。

十四

夜もすがら、加七は黄泉知らずを作ることに没頭していた。

いわし屋の向島の寮には余人《よじん》は置かず、加七一人で暮らしている。賄いの老婆を雇ってはいるが、それも日の暮れには帰ってしまうので、広い家のなかは不気味なほどに静まり返っている。

また加七は酒も莨もやらない変わり者で、女にさえ興味を持たず、新薬作りだけに生き甲斐を見出しているような男だ。

研究の虫といえばまだ聞こえはいいが、多分に偏執狂《へんしつきょう》的で、心の闇の深さは計り知れないものがある。

四方に裸蠟燭を立て、小机の上で薬を調合しているその姿は鬼気迫る感がした。

まさに、

——なりふり構わず。

なのである。

玄関の開く音がして、人の入ってくる気配がした。

こんな夜中に訪ねてくる人は浪六しかいないから、てっきりそうと思いこみ、加七はなんの疑いも持たずに、

「お父っつぁんかえ」

大きな声で呼びかけた。

だが返事はなく、足音が静かにこっちへ近づいてくる。

それに向かって加七は構わず話しかける。

「お父っつぁん、よくわかったよ。今までのあたしのやり方は間違っていた。水銀《みずかね》の量が多過ぎたんだ」

この当時は水銀をすいぎんとは言わず、みずかねと称していた。

不老不死薬の黄泉知らずに、加七は大量に水銀を使っていたのである。

水銀アマルガム法による鍍金《めっき》技術は、一六世紀以後に急速に発達するので、わが国への輸入はそれ以後と思われている。水銀は辰砂《しんしゃ》から分離するが、わが国では辰砂を丹《に》と呼び、その産地を丹生《にう》といっている。辰砂は硫化鉱物だから、これに空気

を送って焼くと水銀ができる。それを精製して硫化させると、朱《しゅ》と呼ばれる安定した赤色顔料《がんりょう》が得られるのだ。

この朱は弥生《やよい》文化、古墳文化のなかで重要な顔料として、信仰用具を浄化させたり、または死骸《しがい》の防腐剤としても使われ、さらに古墳壁画などもこれで描かれている。

ともかく水銀は化合物として使われ、外用薬としても用いられてきたのだ。

むろん、人体に害があることは言うまでもない。

「お父っつぁん、今度こそ本物の黄泉知らずだよ。金が天から降ってくるような大儲けになるんだ。笑いが止まらないじゃないか」

けたたましく笑い、背後の唐紙が開いたのでふり向くと、その加七の顔が一瞬で凍《こお》りついた。

そこに立っていたのは、小次郎だった。

「恐れ入ったな。毒薬で何人の人を殺せば気が済むのだ」

へどを吐くように、小次郎が言った。

加七が顔をひきつらせ、慌てて立ち上がる。

その時、小机の下の小箱に手を突っこみ、砂のようなものをつかみ取っていた。

「誰だ、何しにきたんだ。押し込みだったら承知しないよ」

「おまえの罪業を白日の下に晒《さら》しにきた」

「罪業だって？　何を馬鹿なことを言ってるんだ。あたしのやってることは世のため人のためなんだよ。薬のことなんぞ何も知らないくせに、勝手なことをほざかないどくれ。誰だと聞いてるだろう」

「夜来る鬼」

「なんだってえ、夜来る鬼……」

怖ろしげに復唱し、それを吹き飛ばすかのように、

「はん、笑わせるな、無頼の浪人風情が。ここへきたことは間違っていたよ。思い知らせてやる」

手拭いで自分の口許を塞いでおき、手のなかの砂を蠟燭の火にくべた。すると見る間に異臭が漂い、紫色の煙が立ち上った。

小次郎は不覚にもそれを吸い込み、視界が塞がれたようになり、意識が遠のきかけた。

「ははは、おまえのような奴は毒で制するのが一番だ。これこそ毒薬さ、猛毒なんだ。ゆっくりとくたばるがいいよ」

手拭いで口を塞《ふさ》いだまま、加七が廊下へとび出した。

小次郎は吐き気を覚えてうずくまったが、憤怒をみなぎらせ、よろめきながら立ち上がった。

加七を追って廊下へ走る。

その刹那、匕首《あいくち》を腰溜めにした加七が斬りつけてきた。

それをすばやく躱しておき、抜く手も見せずに抜刀するや、小次郎は加七をぶった斬った。

十五

「どうする、これから」

神田川を見下ろす土手の上に立ち、小次郎がやんわり問うた。

お房は静かな頬笑《ほほえ》みで、

「うちの人と生きて行きます」

と言った。

真夏の暑さはどこかへ行ってしまって、秋風めいた涼風が吹いていた。

「それはよくないな」

小次郎が沈んだ声で言う。

「どうしてですか」

「おまえがそれでは千吉も喜ばぬだろう」

「仰せになってる意味がよくわかりませんけど……あたしの胸のなかでは今でもあの人が住んでるんです。諦めようったって、とても諦められるものじゃありません」

「忘れることだ」

「えっ」

「亭主は死んだ。しかしおまえはこうして生きている。この先も一人で生きてゆかねばならん」

「もちろんそのつもりでいますよ。今、渡り髪結《かみゆい》になろうと思って、一生懸命髪結を教わってるとこなんです」

「長くやれそうか」

「ええ、元々嫌いじゃないんで」

「そのうちいい男が現れるだろう」

「だから、あたしは」

「人の世は長くて短いものだ。精一杯生きてみろ」

「はい、そうします。それであのう……」

「なんだ」

「纏屋さんの離れでしたよね、今度遊びに行ってもいいですか」

「それは困る」

「なんで」

「事は落着した。おまえとはもう会わぬ。それでよい」

「そんなあ……」

「しかしまた困ったことでも持ち上がったら別だ。いつでもこい。用もないのにくるのだけはやめろ」

「あ、はい」

「では達者《たっしゃ》で暮らせ」

お房の返事も待たず、小次郎はぶらりと立ち去った。

お房はその背を見送って、

（なんてへそ曲がりなのよ）

と思いつつも、小次郎の胸底に流れる熱いものに触れたような気がして、その心をふっと温かなものにした。

第三話　清正《きよまさ》の遺書

一

芝露月町《しばろうげつちよう》に大きな骨董《こつとう》の店があり、屋号を「千切屋《せんぎり》」といって、昨今は大層な繁昌ぶりである。

露月町界隈は、近くに浜御殿や仙台藩《せんだい》、会津藩《あいづ》の大藩、さらには幕府高官や上級旗本の大屋敷がひしめく武家地だ。ここは東海道筋の往還《おうかん》にもなっていて、新橋《しんばし》の南、芝口町《しばぐちちよう》、源助町《げんすけちよう》を経《へ》て露月町となる。

また露月町は、参勤交替《さんきんこうたい》の国侍たちが帰参の折、錦絵や伽羅《きやら》油など、江戸土産《みやげ》らしき品々を贖《あがな》うのに恰好《かつこう》の店が多いことでも知られている。自身番が町内大通りの北木戸際にあって、屋上に枠立て梯子《はしご》の火の見櫓《やぐら》がある。

そんな武家屋敷に取り囲まれたなかにあって、当然のことながら顧客はほとんどが武士だから、千切屋で揃えている骨董類もそれに合わせた高価で重厚なものが多い。

荘厳《そうごん》な源平合戦図の屏風、唐物《とうぶつ》の掛軸、由緒《ゆいしょ》ある提重《さげじゅう》、香枕《こうちん》、箪笥《たんす》などはほとんどが美麗な蒔絵《まきえ》の意匠《いしょう》が施されたもので、ほかに武具、馬具に、櫛《くし》、笄《こうがい》などの女の髪飾りまである。

しかし千切屋の名を世に知らしめたのは、そういった骨董の品々ではなく、ひとえに主の新左衛門《しんざえもん》の盛名《せいめい》のお蔭なのである。

新左衛門が十年前にこの地へきて千切屋を始めた時は、甚五兵衛《じんごべえ》と名乗っていた。

その甚五兵衛の名を捨て、新左衛門に変えたのは二年前のことだ。

それにはそれなりの曰《いわ》くがあった。

江戸の名だたる骨董屋が集まる判《はん》じ物《もの》会なる会があって、これは趣味の会ともいうべきもので、内容は当節流行《はや》りの書画会である。

骨董屋たちが著名な文人、絵師を招き、とっておきの書や絵を持ち寄って、皆であれこれ評議して鑑定し合うのだ。

もし掘出し物があれば、その場で売買することもできるから、骨董屋たちは趣味の域を超えて商売っ気を出し、鵜《う》の目鷹《たか》の目で集まるようになった。それでしぜんと会も熱を帯びたものになってきた。

千切屋は二年前に新参者として会の末席に加わったのだが、ある晩、とんでもない品物がとび出してきた。

それは内神田連雀町《れんじやくちよう》の森田屋儀十《もりたやぎじゆう》という骨董屋が持ち込んだもので、曽呂利《そろり》新左衛門が豊太閤《ほうたいごう》に宛てた書簡なのである。

さあ、その真贋《しんがん》をめぐって大変な騒ぎが起こり、会は侃々諤々《かんかんがくがく》となった。

曽呂利新左衛門は泉州堺《せんしゆうさかい》の高名な刀の鞘師《さやし》で、彼のこさえた鞘は刀がそろりと気持ちよく納まるので、世の人が曽呂利と異名をつけたという。彼は一介の鞘師に納まらず、香道や茶道を究めて豊臣秀吉《とよとみひでよし》の寵《ちよう》を受けた文人でもあった。文化年間の今からは、二百年以上も昔の人である。

書簡の内容というのは、秀吉が関白《かんぱく》となって天下統一を果たしたあと、諸国をめぐりたいと言い出したらしく、その無謀な思いつきを近習《きんじゆう》の者たちが懸命に止め、それでも秀吉は聞き容れないようで、それを諫める文書を曽呂利が差し出したのだ。

戦国動乱のさなか、諸国へ出ればどこに敵の目があるかわからず、近習たちは思案の末に曽呂利に白羽の矢を立てたものと思われた。

それがその書簡なのだが、文面は曽呂利らしく機知に富んだもので、比喩《ひゆ》や諧謔も混じえて書かれてあり、それは秀吉と曽呂利の昵近《じっきん》した関係を彷彿《ほうふつ》とさせるものであった。

もしそれが本物であれば、好事家《こうずか》の間で大変な評判となり、高値がつくことは必定《ひつじょう》だから、皆が目の色を変えた。

しかしその晩招かれていた絵師の狩野静山《かのうせいさん》が、これは贋物《がんぶつ》であると鑑定したのだ。静山は木挽町《こびきちょう》狩野派の第八世だから、座では重みのある存在だ。書画に造詣《ぞうけい》が深く、それが書簡であれなんであれ、彼はこれまでぴたりと真贋を言い当ててきた。その重鎮の鑑定に真っ向から異を唱えたのが、千切屋甚五兵衛であった。本物だと言うのだ。

そしてその証左は次回にかならず見せると千切屋が言い切り、会はお開きとなった。

噂が噂を呼び、やがて次回が開かれると、会場である深川寺町《てらまち》の古刹《こさつ》海福寺《かいふくじ》の離れは、二十畳もあるのに人いきれで溢《あふ》れ返った。骨董屋だけでなく、好事家である豪商たちも顔を揃えていた。金に糸目をつけない連中ばかりだ。

これはさる大名家から借り受けてきたものだと言い、千切屋が蒔絵文箱《ふばこ》から一通の書状を取り出した。

それは曽呂利新左衛門が実母に宛てたもので、そのおん身を気遣い、またおのれと関白との日頃の交流などが朗《ほが》らかな文体によって書かれている。

千切屋がさる大名家と言い、名は伏せたいと言っても、その曽呂利の書状は有名なものだったから、集まった誰もがすぐに察しをつけた。

その大名家とは、肥前鹿島《ひぜんかしま》藩鍋島《なべしま》家であった。

その鍋島家と千切屋が親しいということが驚きで、それまで新参者と思われていた千切屋が見直されることとなった。

静山は微《び》に入《い》り細《さい》をうがって二つの書簡を見比べていたが、やがて、「うむ……」と唸り声を上げ、千切屋に向かっておもむろに頭を下げた。

曽呂利新左衛門が秀吉へ宛てた書簡は、本物であるということを認めたのだ。たちまち座が沸騰《ふっとう》し、好事家たちが森田屋を取り囲むようにした。皆が興奮している。

その秀吉宛ての書簡を手に入れたのは、大伝馬町一丁目の木綿問屋で、金三百両で売買が成立したのだ。

千切屋が一気に名を馳せたのはその晩からで、一夜にして彼は時の人となり、店が隆盛を始めた。

そうして千切屋は名を改め、曽呂利にあやかって新左衛門となったのである。

二

その日も新左衛門は、昼でもうす暗い書庫部屋に閉じ籠もり、蠟燭の灯の下で古文書を繙《ひもと》いていた。

広い居室の奥に八畳余のその書庫部屋はあり、妻子はむろんのこと、店の者もそこには固く出入りを禁じられていた。理由は値打ちの高い重要文書があるということなのだが、しかしそれはあくまで表向きで、実は彼はそこで人知れずある作業をしているのである。

女房と二人の子供は、母屋とは別棟で生活していた。

新左衛門は齢《よわい》四十になり、色黒で眉太く、眼光あくまで鋭く、えらの張った顔立ちをしている。見るからに頑固《がんこ》そうで、人間的なふくよかさややわらかさはみじんもなく、他人の非を認めないような狭量《きょうりょう》な感がある。

しかも新左衛門は商人らしくない立派な体格の持ち主で、武張《ぶば》って胸板が厚い。

居室の方に人の入ってくる気配がし、「旦那様」と控えめに呼ぶ声がした。

新左衛門が大机の前を立って居室へ出て行くと、初老の番頭の庄助《しょうすけ》が畏まっていた。

「たった今、越中《えっちゅう》屋の大旦那様がお見えになりまして、是非とも旦那様にお会いしたいと申されておりますが」

「越中屋さんが？　なんの用だろう」

「何やら文箱を大事そうに携えておりますから、旦那様に鑑定を頼みに参ったのでは」

「そうか、わかった」

曽呂利新左衛門の一件で名を高めてからというもの、近頃はつとにこういう依頼が多くなった。いつの間にか、江戸一番の文書鑑定人にされてしまったようだ。

新左衛門が客間へ行くと、挨拶もそこそこに越中屋万兵衛《まんべえ》が文箱を差し出し、

「千切屋さん、何はともあれこれを見ておくれでないかえ」

そう言った。

越中屋は日本橋本銀町《ほんしろがねちょう》に店を張る太物問屋《ふとものどんや》で、大奥御用達《ごようたし》をも務める分限者《ぶげんしゃ》

である。新左衛門とは判じ物会でいつも顔を合わせていて、気心も知れていた。

万兵衛は道楽息子がそのまま歳を取ったような男だから、書画の趣味が嵩《こう》じてこれまでに何千両も注ぎこんだと言われており、越中屋の蔵のなかは宝の山だと噂されている。

新左衛門はおもむろに咳《しわぶ》きひとつをし、文箱を開けるや、なかから一通の古びて変色した書状を取り出した。そしてそれにじっと読み入った。

黄ばみ、虫が食ってはいるが、それがよりその書状の値打ちを高めているようだ。

越中屋が固唾《かたず》を呑むようにして、新左衛門の様子を見守っている。

やがて新左衛門が緊張したような目を上げて、

「越中屋さん、こんなものをいったいどこから手に入れましたか」

真剣な面持ちで問うた。

「いやいや、まだあたしのものになったわけじゃないんだ。おまえさんの同業の森田屋さんから持ち込まれて、あまりの大物なんで仰天してしまってね、とりあえずおまえさんに見て貰おうと、森田屋さんから預かった上でこうして持ってきたのさ。それが本物だったら、千金をはたいてでもあたしは買うつもりでいるよ」

「しかし、これは……」

新左衛門は重々しい声でつぶやくと、

「加藤《かとう》清正の遺書ともなると、たとえ偽物であったとしても、そう軽々しくは扱えませんぞ」

と言った。

三

晩夏の風が庭先から吹いていて、牙小次郎はそれを心地よく受けながら、今日も誰ケ袖屏風を眺めていた。

いつものことだが屏風のなかに人の姿はなく、衣桁にかけられた袴や小袖などの衣類がさり気なく描かれている。いつ見ても雅な王朝風の香りが漂ってくるようで、小次郎は飽きることを知らない。

そこへひらひらと入ってきた小夏が、屏風に向かってひとり頬笑んでいる小次郎を奇異な目で見て、

「旦那、ちょいと旦那、大丈夫ですか」

小次郎が小夏へ顔を向け、

「だって屏風に笑いかけてるお姿を見ると、おかしくなったんじゃないかと」

小次郎が失笑して、

「正気だ。心配はいらん」

「じゃなんで笑ってたんですか」

「賑わいを聞いていたのだ」

「はっ？」

「衣桁の向こうから、女たちのさんざめきが聞こえる。それも若い娘たちだ。人の噂や、誰かが滑ったり転んだり、他愛もないことで笑い合っている。それを耳にして、おれの気持ちも和むのだ」

「あのですね、あたしにはそんなもの何も聞こえないんですけど」

「心の置き方だな」

「違いますよ。絵から笑い声が聞こえてきたら怪談じゃありませんか。これ、どっかへやっちまったらどうですか。あたし、なんだか気味が悪くなってきましたよ」

「いいや、これはここでよいのだ。朝に夕に眺めているだけでよい」

「ふうん、やっぱり変わり者だ」

「何がだ」

「何か用なのか」

「そうなんです、そうなんです」

と言って、小夏は小次郎の前へぺたんと座ると、

「ちょっとの間でしたけど、以前にうちで賄いやって働いてた子がいましてね、子といっても二十三の女なんですけど、その子と鍛冶町《かじちょう》の青物屋《あおもの》でばったり出くわしたんですよ」

小次郎は屏風を眺めながら聞いている。

「その子はお治《はる》っていいまして、子供がまだないから大工の亭主と共働きしてるんです。それでうちにも通いできてたんですけど、ほかに実入りのいいお店を見つけてお治は移っていきました。あたしはそういうのはやかましく言いません。その子の勝手ですから。また職にあぶれたらいつでもお出でと、その時はそう言って別れたんです。ところがお治ときたら、青物屋で会ったらいいべべ着て、少しばかり化粧もして小ぎれいになってるじゃありませんか。奉公はどうしたの、金廻りがいいのかってあたしが聞いたら、奉公はやめて亭主と近々伊豆の湯治場《とうじば》へ遊山《ゆさん》に行くってんです」

それまで黙って聞いていた小次郎が、

「どうして奉公をやめたのだ」

「それがですね、頼まれてやめたと言ってるんですよ」

「頼まれた？」

「見も知らない娘が近づいてきて、急な病いとか、何か理由をつけて店をやめてくれないか、それについちゃお礼をしますと、一両くれたそうなんです。それでお治は言われた通りにお店をやめて、めかしこんだり、湯治場へ行くことになったというわけなんです。変な話だと思いませんか」

「面白いな」

小次郎が興味を惹かれている。

「面白いですか」

「何者かの意図が見え隠れするではないか。お治の奉公先はどこだったのだ」

「芝露月町にある、千切屋という骨董屋なんです」

四

番頭の庄助が新参女中のお妙《たえ》をしたがえ、千切屋の家のなかを案内していた。

まず別棟に住む新左衛門の妻子に挨拶をしておき、それから庄助は大部屋へ行って手代や女中たちにお妙を引き合わせた。

お妙はまだ歳若く、清楚《せいそ》で可憐《かれん》な貌に桃割れがよく似合った娘だ。

めぐり歩く間、庄助はひっきりなしに喋っている。

「起きるのは明け六つ（六時）と決まっている。すぐに着替えをし、四十六人分の朝飯の支度《したく》に取りかかる。女中は十人しかいないから、年長のお辰《たつ》の言うことをよく聞いて、言われた通りにしなさい。朝飯ができたら男衆を先に食わせる。女たちはそのあとだ。それから庭を掃いたり廊下を拭いたり、やることはいくらでもある。客の少ないのを見計らって店の掃除もしなくちゃいけない。売り物の骨董はあくまで乾拭《からぶ》きで、倒したり疵つけたりしないように念入りにやるんだ。それと忘れちゃならないのは、店の前をしょっちゅう竹箒《たけぼうき》で掃くことだよ。落ち葉が店先にあったりすると、旦那様がご機嫌を悪くなされるからね」

「あのう、旦那様は気難しい御方なんでしょうか」

お妙が気がかりなように聞く。

「うん、少しだがね」

庄助は口を濁《にご》して、

「昼は朝の残りでいいけど、足りなかったら工夫しなくちゃいけない。それもお辰に聞くことだ。昼を過ぎたら魚や青物の買い出しだよ。おまえはまだ西も東もわからないだろうから、誰かと一緒に行きなさい。店を閉めるのは夕方の七つ（四時）で、今度は晩の支度が待っている。それが済んだら皆で食べて、洗い物を終えて湯《ゆ》屋《や》へ行く。湯屋は毎日行かなくたっていいよ。湯銭は店から出るんで、貯えに廻してもいい。寝るのは好きずきだけど、明日があるからあまり遅くならないように。いいね」

「はい」

新左衛門の居室の前へくると、庄助は襟を正すようにし、お妙の身装《みなり》も点検して、

「旦那様、庄助でございます」

「お入り」

新左衛門の厳《おごそ》かな声がした。

庄助がお妙をしたがえて居室へ入り、二人並んで畏まる。

新左衛門は小机の前で帳づけをしていて、こっちに背を向けている。

「村田《むらた》屋の世話で、今度新しく入ることになった妙でございます」

庄助が言っても、新左衛門は背を向けたままで、

「そうかい」

気のない声で言ったあと、

「お治はどうして急にやめたんだ」

「疝気《せんき》の病いがひどくなったと聞いておりますが。あんな働き者はなかなかおりませんので、あたくしも残念でなりません」

「そうだね」

やはり背中で答える。

お妙がおずおずと三つ指を突いて、

「旦那様、妙と申します。よろしくお願い致します」

「うむ」

新左衛門の重々しい返事だ。

すっと顔を上げたお妙の視線は、新左衛門を通り越して奥の書庫部屋へ注がれた。

それを含みを持った目で、じっと見ている。

突然、新左衛門がお妙にふり向いた。

目と目が合い、お妙の表情に緊張が走った。

「お妙」

「駲れるまで大変だろうが、早く仕事を覚えて励《はげ》みなさい」

「は、はい」

「はい」

お妙がうつむいて答えた。


そうしてお妙はその日から働き始めた。

むろん住み込みだから、十人の女中たちと相部屋である。

住み込みは正確には七人で、あとの四人は亭主持ちの通いだ。

七人は地味でおとなしい娘ばかりだったが、そのなかでお妙はお金《かね》というそばかすだらけの女中に目をつけた。自分と歳がおなじようで親しみ易く、何よりお金は口が軽そうだったからだ。

一日を共に働きながら、お妙はお金に接近した。

雑巾《ぞうきん》がけや洗い物をするなかで、西も東もわからない顔で話しかける。

「ねえ、お金さん、旦那様って怕いみたいだけど、どんな人なの」

お妙の問いに、お金はすらすらと答える。

「ここだけの話だけど、旦那さんはやさしいところのまるっきりない人ね」

「まあ」

「頑固でちょっと変わってて、あたしらなんかとはろくに口を利かないの。ほとんど奥の部屋に閉じ籠もって、店は番頭さん任せよ」

「奥の部屋で何をしているの」

「古い書物なんかを読んでるようなんだけど、あそこにはあたしらを近寄らせないから、はっきり言って何をしてるかわからないわね」

「そこへ入っちゃいけないのね」

「手代の糸松《いとまつ》さんが野良猫を追いかけて間違って入ったことがあって、その時旦那さんにこっぴどく叱られたわ。物差しで躰を打たれたのよ。それからみんな、奥には触らぬ神になったの」

「そう言われると、なんだか覗きたくなっちゃうけど」

お金が目を三角にして、

「駄目よ、そんな考え起こしちゃ。あそこは鬼門と思いなさい。そうすればここは給金も悪くないし、奉公人に変な人もいないし、いいお店なんだから」

「そうね。それじゃあたしも皆さんに倣《なら》うことにするわ」

だが言葉とは裏腹に、お妙は別の思案を働かせていた。

五

芝二葉町《ふたばちょう》は、汐留川《しおどめ》に架かる土橋《どばし》の南にある。

昔は幸町《さいわいちょう》と称えていたが、そのあと用地や空地となり、お上《かみ》の薬草植えつけ地にもなり、さらに御本丸女中方の拝領地となったが、変遷《へんせん》の末に再び町地となった。二度芽を萌したというところから、二葉町と名づけられてようやく定着した。

口入れ屋の村田屋は高札《こうさつ》の横にあり、間口が広く、商売柄人の出入りの多い店である。

今日も店土間は職を求める人で賑わっていて、その上がり框の外れで三郎三は岡っ引きの身分を明かした上で、番頭の六助《ろくすけ》と話し込んでいた。

周りの話し声が高いから、二人の会話はそれに呑まれている。

「お妙という娘は、確かに手前どもの世話で千切屋さんに奉公に上がりました」

そう言う六助の視線がどこか定まらないので、三郎三はこれは何かあるぞと思った。

六助は正直者らしく、どこかしら後ろめたいような様子なのだ。

小次郎からお治が千切屋をやめた不審を告げられ、三郎三もこの一件に深い関心を持った。そしてその後釜に座ったお妙の名を割り出すや、こうして千切屋が得意にしている村田屋へ探りを入れにきたのだ。

「お妙って娘は、その前にもここへ出入りをしてたのかい」

三郎三がさり気なく問うた。

「いえ、初めてでございます。ある日ふらっと現れまして、骨董が好きだからそういう店で働きたいと申したんです」

「芝の界隈にゃ骨董屋はいくらもあるぜ。どうして千切屋に決まったんだ」

「お妙が申すには、千切屋さんを見てきたけど、店が立派で奉公人も沢山いる、だからどうしてもあそこで働きたいと。千切屋さんでは丁度《ちようど》女中が一人やめたばかりなんで、それであたくしが世話したんでございますよ」

「それだけかな」

「えっ」

三郎三の疑いの目に、六助が狼狽した。

「どうしてもと言うからにゃ、袖の下になんか入れたんじゃねえのかい」

六助は辺りを憚《はばか》り、声を落として、

「誰にも言わないで下さいましよ、ばれるとよろしくないので」

「口を縫いつけとくよ」

六助が隠すようにして指を二本立てて、

「二分《ぶ》、頂きました」

三郎三が目を丸くして、

「ほう、金持ちなんだな、お妙ってのは」

「あたくしも長いことこの稼業《かぎょう》をやっておりますが、こんなことは初めてでございます。それでまあ、よほど骨董が好きなんだと思いまして、骨を折ったようなわけでございまして」

「身許引受人は」

「ちょっとお待ち下さい」

六助が立って帳場格子《ちょうばこうし》の方へ行き、そこから分厚い台帳を持ってくると、

「お妙の身許引受人はと……あ、これだ。ええと、神田蠟燭町《ろうそくちょう》の米吉《よねきち》という人になっておりますが」

六

夕日を背に浴びて、千切屋新左衛門と越中屋万兵衛が深川寺町を歩いていた。

越中屋は袱紗をかけた黒漆の文箱を、大事そうに抱え持っている。

「いいですか、越中屋さん。何度も言うようだが、わたし一人が本物だと言い張っても世間に認められなくてはどうにもならない。だからあえて評定《ひょうじょう》の場へ出して、皆さんの判断を仰《あお》ぎたいのです」

「わかってますよ。そうしてくれた方があたしだって胸を張って手に入れることができるというものだ。何せ加藤清正の遺書を持ってる人なんて、この世のどこにもいないんだからね。これはあたしが持ってるなかでも、とびきりのお宝になります」

「しかし森田屋さんは、高いことを言ってくるでしょうな」

「ええ、千金が万金でもあたしは一向に構いませんよ」

分限者らしいおおらかさで言う越中屋の横顔を、新左衛門は一瞬ぎろりと侮蔑の目で盗み見た。

そうこうするうちに、海福寺の山門が見えてきた。

その日の判じ物会も大変な盛況で、どこから漏れ伝わったのか、千切屋新左衛門が大物の書を披露《ひろう》するという噂が広まり、広座敷は人で埋め尽くされた。

まずは酒宴となり、皆が思い思いに歓談して座が和んできたところへ、森田屋儀十が頃合いよしと見計らい、

「えー、お集まりの皆さん、今日はとっておきの書を鑑定したいと思います。これは売買ではなく、あたくしと越中屋さんとの間ですでに話はまとまっております。まとまっているといっても、今日ここで偽物だということがわかったら、すべては白紙に戻されちまいます。そうなると仕入れたあたくしだけが損をして、おまけに皆さんの笑いものになります。そこんところをふんまえて、どうかよろしくお願いします」

厚顔そうで、ひき蛙《がえる》のような面相の森田屋儀十が、座を笑わせながら口上を述べた。

やがてしんと静まり返るなかで、新左衛門が中央へ進み出て四方へ辞儀をし、厳かに文箱のなかの書状を取り出した。

それをおもむろに開き、新左衛門が厳粛《げんしゆく》な声で読み上げる。

「肥後国虎藤《ひごのくにとらふじ》に下し給はるべく　さもなきにおいては　この判形《はんぎょう》　侍どもにいただかせ籠城《ろうじょう》の上　一戦を遂ぐべきなり」

座が静かなざわめきに包まれた。

「これは誰ありましょう、かの加藤清正公の遺書でございます」

さらにどよめきが沸き起こった。

加藤清正は秀吉に仕えた戦国武将で、勇猛《ゆうもう》果敢、英雄豪傑《ごうけつ》の代表のように伝えられている人物だ。朝鮮出兵で名を成し、特に賤ケ嶽《しずがたけ》七本槍の武勇は歴史上にも名高い。肥後熊本《くまもと》の城主となるや、民政にも腕をふるった名君なのである。

その高名な清正の遺書となると、本物であれば大変なことで、畢竟《ひっきょう》、座はたちまち白熱した。

やがて座が鎮まり、書状が順に廻されて鑑定が始まった。

それはかなりの時を要し、酒肴《しゅこう》などはそっちのけになって、越中屋はじりじりと気を揉んだが、他の連中にしてみればこれこそが至福の時であり、誰もがわくわくするような心楽しさを味わっているのだ。

ああでもないこうでもないと、あちこちから囁《ささや》き合う声が聞こえている。

やがて書状は、上座の狩野静山の許へ廻ってきた。

何人かの視線が静山に注がれる。

静山は初めは険しい目で書状に見入っていたが、しだいにその表情がやわらぎ、笑みさえ浮かべるようになった。

その笑みを気になるように見て、森田屋は座を見廻すと、

「さあ、皆さんの鑑定はどうですかな」

そう言うと、静山が真っ先に口を切って、

「これは真っ赤な偽物ですよ」

その言葉に、座が再びどよめいた。

静山は長身痩軀で、他を寄せつけない厳しさを持った男だ。

すると新左衛門が射るような目を静山に据えて、

「わたしは本物だと思います。狩野先生、偽物だという根拠はあるんでしょうな」

「わたしは以前に西国に旅したことがあり、肥後熊本にも行っている。その折、しかるべき庄屋の家に泊まり、清正公の書を見せて貰ったことがある。その時の筆跡とこれはまったく違う」

「その庄屋の所にあったものが、偽物だということは考えられませんか」

「いいや、清正公のお膝元でそんなことは断じてない」

「この書は清正公が三男の忠広《ただひろ》公に遺したものです。虎藤とあるのは忠広公の幼名で、尋常な偽物作りなら、人を信用させるために世に広まっている忠広公のおん名の方を使うはずです。わたしはそこにこの書への信頼を置くのです」

「しかしわたしはこの目でしかと……いや、やはりこれは違う。偽物です」

二人が火花を散らせて睨み合った。

やがて新左衛門の方が折れて、

「いやいや、これは曽呂利の時とおなじですな。次回にこれが本物であるという証左をお見せしましょう」

それでその日の判じ物会はお開きとなったが、次回への期待がより高まったことは言うまでもない。

七

石田の家の離れに、朝から小次郎、小夏、三郎三が集まっていた。

「旦那、お妙って娘っ子、しょっ引きてえんですがねえ。駄目ですかい。こいつぁどう考えたっておかしいや。お妙は何かよくねえことをもくろんでるに決まってますよ」

三郎三の提案に、だが小次郎は反対で、

「しょっ引いてはいかん。暫《しば》しこのまま情勢を見守るのだ」

小夏が膝を進めて、

「でも旦那、三郎三の親分の言うことにあたしは肩入れしますね。身許引受人の家へ行ったらそこは空家で、米吉なんて人はいなかったんでしょう」

「面白いではないか」

小次郎は謎めいた笑みだ。

「また旦那は面白いなんて言い方して。お妙ってどこの馬の骨か知れない子、きっとあれですよ、あれ。盗っ人の手引き役として千切屋に潜りこんだに決まってます」

「おいらもそれを考えてたんだ。身許がでたらめなのはそのためなのさ」

小夏と三郎三は合意だが、小次郎には別の思惑があるらしく、

「三郎三、蠟燭町のその界隈はどんな連中が住んでいる」

「へえ、蠟燭町ってえくれえですから、蠟燭問屋に小売りの蠟燭屋、それを作ってる職人なんぞがひしめいてますけど」

「違うな」

「何が違うんですか」

「ほかにはどんな店がある」

「あとは、そうですねえ……紙漉屋《かみすき》かなあ」

「紙漉屋……」

小次郎の目に光が走った。

「それだ」

三郎三はぽかんとしている。

「旦那、何がそれなんですか」

小夏も呆れたような顔で聞く。

「千切屋新左衛門は、二年前より文書の鑑定で名を馳せたのだな」

「そうです。曽呂利新左衛門の書きつけを本物と鑑定して名を高めたんでさ。それをきっかけにして甚五兵衛って名を捨てて、新左衛門にしたんです。今やその名めえは江戸中に知れ渡っておりやすよ」

「ふうん、大した眼力の持ち主なのねえ」

小夏が相槌《あいづち》を打つ。

「ゆんべも深川で判じ物会ってぇ骨董屋の集まりがあって、大きく取り沙汰《ざた》されるような鑑定があったらしいんだ」

「それはどんな書きつけだったの」

小夏が聞く。

「加藤清正ってぇ昔の武将がな、伜に宛てた遺書があって、それをめぐって本物か偽物かで争ったそうなんだよ」

「もしそれが本物だったら、きっと高値なんでしょうね」

「ああ、おいらなんか目ん玉がとび出すような金高《きんだか》だろうぜ」

小次郎はじっと考えに耽《ふけ》っている。

小夏がその様子を窺いながら、

「旦那、さっきそれだって言いましたけど、千切屋と紙漉屋がどこでどうつながるんですか。あたしには何が何やら……」

「紙を作る紙漉屋と、文書鑑定の千切屋は今や無関係ではあるまい」

小夏と三郎三はますますわからない。

「それとお妙が身許引受人にした米吉という男だが、あながちでっち上げとも思えんな。人はそういう嘘をつく時、どこかに手がかりを残すものだ」

「手がかりったって旦那、米吉はどこにもいねえんですから」

「いや、いるのだ」

「ええっ」

三郎三が頓狂《とんきょう》な声を発した。

「お妙の知り合いに、その男はかならず存在するはずだぞ」

八

骨董屋の寄合があって、新左衛門は番頭の庄助に送られて昼過ぎに店を出て行った。

行く先を聞いて廻ると、寄合は向島とのことだからそれで帰りは遅くなると踏み、お妙はこれぞ千載一遇《せんざいいちぐう》の好機と胸を躍らせた。

店先を掃いたり、雑巾がけをしたりしながら、しだいに新左衛門の居室へ近づいて行った。

奥向きだから誰も寄りつかず、閑散《かんさん》としている。

庭先に鎮座した石燈籠《いしどうろう》が厳めしくて、商家とは思えず、この家はまるで武家屋敷のようだ。

そういえば新左衛門という男は、立ち居振る舞いから佇《たたず》まいまで、何から何までお武家のようだとお妙は今さらながらに思った。

そうして胸の動悸《どうき》を烈しくさせながら、お妙はそっと居室へ忍び入った。

小机の上に大福帳や算用帳などの帳面類や算盤が置かれ、長火鉢の火も消されている。室内は整頓が行き届いていた。

そこをすり抜け、書庫部屋の唐紙に手をかけた。

（なむさん、見つかりませんように）

目を瞑《つむ》って神に祈り、部屋へ入った。

うす暗く、古文書の類《たぐい》が山積みされた室内は湿気臭い。足の踏み場もないほどの本の量だから、それに触れぬよう、崩さぬようにしながら、室内を歩き廻った。

大机の前には漢書が広げられたままだったが、それはとても難しい本だから、お妙には判読できない。

つぶさに目をやるが、特に不審なものは見出せなかった。

（そんなはずは……）

少し焦《あせ》った。

どうしても新左衛門の動かぬ証拠《しょうこ》をつかむため、苦心してこの店へ潜りこんだのだ。

確かにあの新左衛門の油断のならない人となりでは、容易に尻尾《しっぽ》はつかませないと思ってはいたが、それではお妙の立つ瀬がないのだ。

（この怨み、晴らさねば……）

なのである。

その時、すうっと障子の開く音がした。

誰かが隣室へ入ってきたのだ。

お妙は狼狽した。

心の臓が早鐘《はやがね》のように打ち鳴らされ、寿命の縮む思いがした。

新左衛門が帰ってくるはずはない。番頭さんかしら、それとも……。

すばやく室内を見廻し、船簞笥の陰に身を隠した。

その人物はこっちには入ってこず、居室のなかで何やら動き廻っている。

（早く出て行って）

叫びたい気持ちになった。

ふっと隣室の動きが止まった。

だが出て行く気配はなく、ごそごそと引き出しを開ける音がしている。

お妙は不審にかられ、その場から離れて唐紙に寄った。

細目に開けて居室を覗く。

お金が小机の引き出しを開けて、なかのものを漁《あさ》っていた。その口に飴《あめ》ん棒をくわえている。

お妙は驚いた。

やがてお金は何枚かの銭を見つけ、それを袂に落とした。

(あの子、盗み癖《ぐせ》があったのね)

それでお妙は少しほっとし、尚も覗いていると、お金は抜き足差し足で出て行った。

ここに長くいてはいけないと思いながら、お妙も出ようとし、その目がふっと片隅の屑籠《くずかご》に注がれた。

丸められた反故紙《ほごし》が山になっている。

そこへ寄り、屑籠に手を突っこんで次々に反故紙を開いて見て行く。それらは何かを書き損じたものばかりだが、一枚の反故紙に注目した。

「肥後国虎藤に下し給はるべく……」

そこまで書かれて、あとは反故にしたものと思える。

書きつけの内容はさっぱりだが、その紙を持つお妙の手が小刻みに震えていた。

その黄なびた、やや厚めの和紙を作った人を、お妙は知っていたのだ。

九

内神田佐柄木町《さえきちょう》は小夏の住む竪大工町の近くで、紙問屋の萬屋《よろず》は纏作りと密接な関係があった。密接どころか、切っても切れない仲なのだ。

纏の「出し」や「馬簾《ばれん》」は和紙で貼り合わせたものだから、その需要は年がら年中ひっきりなしだ。

しかし萬屋との交渉はふだんは番頭の松助の係りなので、小夏は滅多に顔を出さない。

その小夏が萬屋の店へひょっこりと入ってきたので、帳場にいた主の太兵衛《たへえ》は驚いた。

「これはこれは、石田の女将さん」

中年で肥満体の太兵衛が、下にも置かない扱いで小夏を迎え入れた。

そして客間で向き合って座ると、

「女将さん、今日はなんぞ？　いや、驚きましたよ、いつもは松助さんばかりだから、女将さんの顔を忘れるとこでした」

「こんないい女の顔を忘れるなんて、あんまりじゃありませんか」

とかなんとか軽口を飛ばしながら、小夏はすっと真顔になって、

「つかぬことをお聞きしますが」

「へえ」

「紙漉の仕事をやってる人で、米吉さんて人に心当たりはありませんか」

「米吉さんですか。はあて、うちにはいませんねえ。それが何か」

「その人を探してるんです」

太兵衛は小夏を覗きこむようにして、

「曰くがあるんですね」

「あるんです。でもわけは聞かないで下さいましな」

小次郎から頼まれて米吉を探している、とは言えなかった。

「わかりました」

ちょっとお待ちをと言い、太兵衛は席を外して出て行った。

それがあまり長く待たせるから、小夏は所在なげに部屋を出て、廊下の向こうにある作業部屋を覗きに行った。

そこは広い大土間と板敷《いたじき》になっていて、大勢の職人が紙漉の作業に追われていた。紙の原料は楮《こうぞ》と三椏《みつまた》で、それを大鍋で蒸《む》して皮を干し上げる。皮を剝いでから水に浸け、黒皮をすごき取る。その黒皮をとりのぞいた白皮を使い、これを川で洗い、さらに漉き上げる。

そうして洗ったり叩いたり、漉いたりして、手間隙《ひま》をかけながら様々な種類の和紙を作っていく。

小夏が「ふうん」と感心しながら部屋へ戻っても、まだ太兵衛の姿はなかった。

「もう、いつまで……」

ぼやきが出そうになったところへ、太兵衛がせかせかと戻ってきた。

「どうも大変お待たせしちまって」

太兵衛は手にした職人台帳を忙《せわ》しくめくりながら、

「ほかの紙問屋さんから何から当たってたもので、手間を取りました。なあに、当たったって言っても出かけてたわけじゃありませんよ。この台帳にね、同業のことはみんな載ってるんです。それが幾つもあるから大変でした」

「お世話をかけました。それでどうですか」

「米吉さんて人、一人おりましたよ」

小夏が思わず膝を乗り出し、

「聞かせて下さい」

「いえ、それが……いるにはいたんですが、この人はもう亡くなってるんです」

「亡くなってる……どこの職人さんですか」

「蠟燭町に玉木屋《たまき》さんという紙問屋がありまして、米吉さんはそこの主人でしたよ。ですが二年前に亡くなって、店も潰れちまったようなんです」

「蠟燭町……」

小夏が声に出してつぶやいた。

やはり蠟燭町に米吉はいたのだ。小次郎の言っていたことが的中だったので、さすがだなと思った。

「その米吉さん、どうして亡くなったんでしょう」

「さあ、そこまでは」

「もう少し詳しい話、わかりませんか」

またちょっとお待ちをと言い、太兵衛は足早に出て行くと、おむすびのような顔の中年の番頭を連れて戻ってきた。

「あたしはその玉木屋さんのことはよく知らないんですけど、うちの番頭が玉木屋さんとつき合いがあったそうなんです」

小夏が目をやると、番頭が膝行し、

「つき合いというほどじゃございません。あたくしが旦那様の名代《みようだい》で何度か寄合に出まして、その先で米吉さんと知り合ったんです。ご同業とはいえ玉木屋さんはうちほどの大店じゃございませんから、寄合では小さくなってました。そこであたくしが助け船を出したのがきっかけで、親しくするように。何度か居酒屋で酒を飲みましたよ」

「どんな人でしたか」

小夏が聞く。

「四十近くの、よくできたいい人でございましたねえ」

「亡くなったのは病気ですか」

「それが、違うんです」

番頭の口調が変わったので、小夏と太兵衛が覗きこんだ。

「米吉さんは夜道を歩いていて、辻斬り《つじぎ》にあっちまったんでございます」

「辻斬り……」

問い返し、小夏が眉根を険しく寄せて、

「そんなことがあったのかえ、番頭さん。あたしは何も知らなかったよ」

太兵衛が驚きで言う。

「下手人はどうなりましたか」

「見つかってません、泣き寝入りでございますよ」

「米吉さんの家族は」

「かみさんはそれ以前に亡くなっていて、当時十六のひとり娘がおりました」

「会ったことは」

「へえ、何度かお見かけしました。その頃はおちゃっぴいで、可愛い娘さんでしたよ」

小夏はぐっと何かを呑みこむようにし、やがて意を決して、

「その子の名前、お妙って言うんじゃありませんか」

番頭が目を剝いて、

「へえ、その通りですけど……米吉さんは飲めばお妙ちゃんの自慢をしておりました」

「それで主が急に亡くなったんで、店を畳んだんですね」

「そういうことでございます。抱えてた職人の何人かはあっちこっちの紙問屋に流れて行ったようですけど、お妙さんの行方はぷっつりなんです。今なら十八ですから、どこか親戚の家にでも預けられたんじゃございませんか」

「そうですか……」

千切屋に奉公に上がったのは、間違いなくそのお妙なのだ。

謎を深く感じながらも、小夏にもようやく点と点が結ばれてきたような気がした。

十

小夏は石田の家へ戻ると、早速小次郎に萬屋の番頭から聞いた話を伝えた。

小次郎は沈黙を守り、無表情に聞いていたが、小夏が話し終えると明晰《めいせき》な目をすっと上げて、

「うむ、それでよくわかったぞ」

頬笑みさえ浮かべて言った。

「はっ？　あたしにはまだいろいろとよくわかりませんけど」

小夏が焦ったような声で言う。

「辻斬りに父親を殺されたお妙には、心当たりがあったのだ」

「どんな」

「下手人は恐らく、玉木屋の商いに関わりのあった人物なのであろう」

「それじゃ、お妙には目星がついてたって言うんですか」

「そうだ」

「辻斬りの仕業なんかじゃないんですね」

「そう見せかけたのだ」

「待って下さいよ。じゃ紙漉屋の玉木屋と、骨董屋の千切屋はどこでつながるんでしょう」

「それはお妙がよく知っているはずだ」

「千切屋のなかに下手人がいるんですね」

小次郎が首肯《しゅこう》して、

「だからお妙はお治に金をつかませ、みずから火中にとび込んだのだ」

「それって、旦那、お父っつぁんの仇討ですよね」

「そうだ。これは仇討なのだ」

そこへ三郎三が、母屋から離れへ渡ってきた。

「旦那、遅くなりやして」

「三郎三の親分、何しに行ってたの」

小夏が聞いた。

「千切屋新左衛門の昔をな、旦那の頼みで調べてたんだ」

「何かわかったか、三郎三」

小次郎が問うた。

三郎三が「へい」と言って膝を進め、

「それが肝心なことが、今ひとつつかめやせん。千切屋新左衛門が芝露月町で骨董屋を始めたのは十年めえからですが、そのめえのこととなると誰も知ってる奴がおりやせん」

「ふん、どこから流れてきたのかわからんのだな」

「へえ、皆目《かいもく》。知ってる人もいやせんし、また新左衛門も昔のことは一切語らねえそうなんで」

「しかし江戸に根を下ろし、二年前の曽呂利新左衛門の書状から一躍高名な骨董屋になった」

「さいで」

小夏が口を挟んで、

「旦那、千切屋の主って、相当うさん臭いですね。いったい何者なのかしら」

「あれは元武士だ」

「ええっ」

小夏が驚いて三郎三と見交わし、

「旦那、見に行ったんですか」

「店の前で張っていたら、奴が番頭に送られて出てきた。ひと目でわかった。剣の心得のある、あれはかなりの遣い手だ」

小夏が気を揉んで、

「そんな奴のふところにとび込んで、お妙って子は大丈夫なんでしょうか。おちゃっぴいで可愛い子だったたって聞いたけど、心配になってきたわ……」

思案していた三郎三が、ぽんと拳《こぶし》を打ち、

「ちょっと待って下せえよ、旦那。ここまでくるとあっしだって御用聞きだ。なんとなくきな臭え感じがしてきやしたぜ。例の判じ物会のことですよ。あれで新左衛門は男を上げやしたが、そこいらになんかぷんぷんと臭いやせんか」

小次郎が得たりとうなずき、

「三郎三、おまえの勘は当たっている。おれもそこに目をつけていたのだ。判じ物会に何やら陰謀を感じるぞ」

そう言うと、小次郎は刀を取って立ち上がった。

「おまえたち、よくやってくれた」

「どちらへ？　旦那」

三郎三が聞く。

「親のためとはいえ、わが身を捨てて仇討に臨《のぞ》む娘が不憫《ふびん》になったのだ」

十一

風が出てきて店先でつむじを巻き上げ、掃いたごみがまた戻ってきて、お妙は腹を立てた。

それで竹箒で意地になって掃き清める。

そこへふところ手の痩身《そうしん》の武士が通りかかり、お妙にすばやく囁いた。

「仇の家など、きれいにしてやることはないぞ」

「え……」

お妙が驚きの顔になった時には、小次郎は背を向けて歩き去っていた。

お妙は恐慌をきたした。とても放っておけず、聞き捨てならなかった。

竹箒を店のなかへ入れ、急いで小次郎の後を追った。

店のなかに新左衛門の姿はなく、番頭の庄助や手代たちが何人かの客に応対しているところだ。女中たちは奥にいるから、誰もお妙のことは咎めない。

辻に立って見廻すと、小次郎の姿はどこにもなかった。

「……」

茫然と佇《たたず》んだ。

ぽんと背中を叩かれた。

お妙がはっとなってふり向くと、小次郎は素知らぬ顔をしながら、

「店の者に見られたらまずい。少し遅れてついてこい」

返事を待たずに踵《きびす》を返した。

言われた通りに間を置き、お妙が小次郎の後について行く。その胸は不安でいっぱいだった。

小次郎の行った先は源助橋《げんすけばし》の袂にある茶店で、彼はそこの奥の小上がりに陣取っ

た。

そこまでは吸い寄せられるようにしてついてきたものの、お妙はいざそこに立つと、戸惑いと困惑で立ち尽くしてしまった。

小次郎の正体もわからないし、なぜ仇討のことを知っているのか、お妙の頭は混乱し、切羽《せっぱ》つまったようになって泣きたい気分だった。

「座るがよいぞ」

小次郎がやさしい声で言った。

それでお妙は少し安心した。悪い人ではなさそうだ。いや、仇の千切屋新左衛門以外はこの世に悪い人などいないのだ。

黙って膝を揃えて、小次郎の前に座った。

相手が何を言い出すか、うなだれて待つことにした。

しかし小次郎はすぐには口を開かず、静かな目でお妙を見ている。

お妙はしびれを切らせて、

「どうしてですか」

「うむ？」

「どうしてこの店、誰もいないんですか」

「借り切ったのだ」

「ええっ」

「用が済むまでどこかへ行っていろと、銭をつかませたら婆さんは喜んでいなくなった。あそこに甘酒がある。二人で飲もうか」

「はい」

素直に応じると、お妙が立って勝手場へ行き、湯呑みに甘酒を注いだ。自分のしていることがわからなかった。しかし小次郎の前に座った時、なぜか胸がときめいたことを思い出した。どきどきはしたが、慌てはしなかった。そして見も知らぬ小次郎の言葉に、なんの疑いも持たずにしたがう自分が不思議に思えてならなかった。

甘酒を二つ、小机の上に置いた。

二人は無言でそれを飲んだ。

「うまいな」

「ええ」

それだけで、お妙は心が通い合ったような錯覚を起こした。

見た目は人を寄せつけないようだが、この人には情があると思った。何もかもわきまえた立派な人に違いない。

「お妙」

小次郎が呼びかけた。

「どうしてあたしの名を」

お妙はびっくりしている。

「それは後廻しだ」

「解せません」

「ふむ」

小次郎が面倒そうに鬢の辺りを掻いて、

「たまたまお治と知り合いだったのだ」

嘘をついた。

「まあ……」

「お治からいろいろ聞かされ、それでおまえに不審を持って調べた」

「ご浪人様は何をしてる人なんですか」

「何もしておらん。ただの暇人だ」

「調べてみて、あたしのことがわかったんですね」

「そうだ」

「でもどうして仇討のことまで……それは誰にも言ってませんけど」

小次郎がぐっと真顔を据えて、

「おまえの父親はなぜ殺された」

「それは……」

「おれに明かしてみろ」

「明かしたらどうなりますか」

「仇討の助っ人をしてやる」

「本当ですか」

小次郎が目顔でうなずいた。

お妙は逡巡《しゅんじゅん》を浮かべ、うつむいた。

（話していいものか、どうか……）

でもそこまで知られているのなら、隠すことに意味がないように思えた。本当に助っ人してくれるのなら、この人に何もかも話してみようか。

（あたしの味方についたって、一文の得にもならない）

なのにこの人は、救いの手を差し伸べてくれようとしている。

信ずることにした。

でもその前に、

「お名前を聞かせて下さい」

聞いてみた。

「牙小次郎だ」

「まあ、そんな……」

「そんな、なんだ」

「凄い名前ですね」

「世を忍ぶ仮の名だ」

「ああ」

「話す気になったか」

「ええ、話します。でもあたしの素性《すじょう》、どこまで知ってるんですか」

「おまえは紙問屋の玉木屋のひとり娘だ。母親はすでに亡く、父親の名は米吉。蠟燭町の店は今はもうない」

「……」

「お妙、何があったのだ」

「はい……」

答えたものの、お妙の目からぽろぽろと泪がこぼれ落ちた。

「……ひどい目に遭ったんです」

「うむ」

「あたし、こんな悪い娘じゃなかったはずなんです」

「おまえのどこが悪いというのだ」

「人様を怨むなんて、したことなかったんです」

「初めから話してみろ」

お妙がこくっとうなずき、

「うちは小さいけどそれなりにちゃんとやってる店でした。職人さんだって六、七人抱えていたんです。あたしも紙漉を手伝っていて、それは毎日が楽しかったんですよ」

ある時、千切屋新左衛門が訪ねてきて、米吉に商売の話を持ち込んだ。

それは奇怪ともいえるもので、古文書の紙質に似た古びた和紙を作れないかというものだった。

どうしてうちみたいな小さな店にと、米吉は初めは面食らっていたが、新左衛門の提示した報酬《ほうしゅう》が法外なものだったので、引き受けることにした。

そして米吉は紙漉職人の腕をふるい、新左衛門の希み通りのものをこさえた。新左衛門は大いに喜び、さらにおなじものを註文《ちゅうもん》した。それに応えて米吉はせっせと仕事に励んだが、ある時から思いつめたような暗い顔をするようになった。

真っ正直で、嘘ひとつつけない米吉を悩ませていたのは、新左衛門が註文した和紙のことだった。

「あれをなんに使うか知ってるか」

酒に酔った米吉が、お妙を相手に秘密を打ち明けた。

「千切屋の旦那はおれのこさえたあれで、偽物の書状を作ってるんだ。しかもそれは大昔に名めえを残した偉《えれ》え人のものでよ、そいつを作っては本物だと言って、大《おお》儲《もう》けをしてやがるんだ。旦那が名を成した曽呂利新左衛門の書状は、最初におれが頼まれてこさえた紙だ。紙そのものがまるで当時のものみてえによくできてるから、誰も信じて疑らねえのさ。あれを作るのには苦労したぜ。おれはたまげたよ。それを知った時は開いた口が塞がらなかった。こんなことしてちゃ駄目だ。冗談じゃねえぜ、おれまで悪事の片棒を担がされちまった。旦那がうちみてえな小せえ店に註文にきたわけがこれでわかったよ。大店じゃとても頼めねえ話だもんな」

それを知ったのはほんの偶然で、千切屋を訪ねた米吉がうっかり書庫部屋へ入ってしまい、大机の上に置かれた偽物の書状を見たからだった。

それで千切屋の旦那にはもう仕事を断るのだと、そう言って出て行ったのが最後で、米吉は帰らぬ人となったのである。

「辻斬りだなんて、あたしは信じません。千切屋が夜道で待ち伏せしてお父っつぁんを殺したに決まってるんです。偽物作りの秘密がばれたら困るので、それでお父っつぁんの口を塞いだんですよ」

お妙はごしごしと泪を拭うと、

「それであたし、千切屋に潜りこんで証拠の書状を盗み取って、お上へ訴え出ようと考えました」

「うまくいったか」

「それがなかなか思うようには……奥の部屋に一度だけ入ったんですけど、目当てのものは見つかりません」

でも屑籠からこんなものがと言い、お妙が丸めた反故紙を取り出した。

小次郎がそれを手に取り、見入ってきらっと目を光らせた。

「お妙、これで十分ではないか」

「えっ」

「肥後国虎藤に下し給はるべく……これは加藤清正の遺書として、今、判じ物会で真贋を争っているものだ。それが本物なら、このようにして書き損じがあろうはずはない。よくぞこれを手に入れたな」

お妙が声を上擦《うわず》らせて、

「そ、それではあたし、それを持ってお上へ訴え出ます」

お妙が手を伸ばすと、小次郎はその目の前で反故紙を引き裂《さ》いた。

「牙様、どうして……」

お妙が茫然となった。

「お上へなど届け出てなんになる。こんなものはくその役にも立たん」

「どうしてですか。動かぬ証拠じゃありませんか」

「今や千切屋は時の人だ。幕閣、大名筋に顔が利《き》く。こんな紙屑はひと握りで潰されようぞ。おまえは乱心者扱いで、誰の相手にもされまい」

「それじゃ、あたしはどうしたらいいんですか。お父っつぁんの無念が晴らせないじゃありませんか」

「おれに任せろ」

「どうやって」

小次郎はそれには答えず、

「お妙、これは千切屋ひとりの才覚ではないような気がするぞ」

「どういうことですか」

「まだ奥があるということだ」

小次郎が破邪顕正《はじゃけんしょう》の目になって言った。

十二

千切屋新左衛門が座の一同を睥睨するようにし、厳粛な声色になって、

「これなるは天正《てんしょう》十五年（一五八七）、熊本領内日奈久村《ひなぐむら》の豪農作左衛門《さくざえもん》なる者に、加藤清正公から宛てられた書状でございます。年貢米《ねんぐまい》のことが事細かに記され、遺書ほどの値打ちはありませんが、とくとこれと見比べて頂きたい」

新左衛門が古びて所々破れた書状を提示し、件《くだん》の遺書と共に小机の上に並べた。

参列した一同が恐る恐る席を立ってきて、小机の周りを取り囲み、二通の書状を慎重な手つきで順ぐりに手に取り、見入った。

二通の書状はまさに同一人物の筆跡である。

それを森田屋儀十は控えるようにし、遠くから眺めている。

深川海福寺の判じ物会は、今宵も大盛況であった。

水を打ったように静まり返ったなかで、やがてざわめきが起こり、一同の視線が狩野静山の動向に向けられた。

静山がおもむろに一同に近づき、書状に向かったのだ。

そうして静山は食い入るように二通の書状を見比べていたが、やがて愕然とした顔を上げ、

「千切屋さん、これをいったいどこから手に入れましたか」

「入手先を明かさないのは、この会の決まりでございますよ」

「で、ではわたしが熊本の庄屋の家で目にした清正公のあの書状は、やはり偽物だったのか」

「まっ、そういうことに……」

静山はがっくりとなり、自信をなくしたかのように、

「……相わかりました。わたしはこれを本物と認めましょう。いつものことながら、千切屋さんには頭が下がりますよ」

そう言って、新左衛門に向かって深々と頭を下げた。

座がどよめき、騒ぎが広がった。

静山は念のために他の文人にも二通を見せていたが、誰も異を唱える者はいなかった。

どよめきのなかで、越中屋万兵衛は身震いをするような興奮を味わっていた。

そうして森田屋に目配せをし、うながして広間を出て行った。

庫裡の小部屋を借り、そこで二人だけになると、越中屋は森田屋に迫るようにして、

「森田屋さん、あたしとの約束は忘れてないだろうね」

森田屋が惚け顔にうす笑いを浮かべ、

「はあて、なんの約束でしたっけ」

「そ、そんなことは言わせないよ。清正公の遺書はほかの誰にも売らない、あたしだけに譲ってくれると言ったじゃないか」

「それがね、越中屋さん。正直言って、よそから引き合いがあって困ってるんですよ」

「そのよそってどこだい、え？　教えとくれよ」

「いえ、こういうことは明かしちゃいけないことになってますんで……」

「あたしとおまえさんの仲でそりゃないだろう。もしほかに譲るってんなら、あたしを敵に廻すことになるんだよ。これは脅《おど》しじゃないんだからね」

精一杯の威嚇《いかく》で越中屋が言った。

森田屋は頭を抱えるようにして、唸り声を上げた。

「弱っちまったなあ……」

「どこの誰なんだい、あれを欲しがってる人ってな」

「今の肥後熊本城主の、細川様でございますよ。加藤清正公には一番ゆかりがあるのだから、書状が本物と知れたら是非譲れと、江戸家老様から申し入れがあったんです」

細川家と聞いて、越中屋はさすがに息を吞む思いがしたが、

「それはそうかもしれないけど、譲る譲らないはおまえさんの腹ひとつなんだろう。こうなったらあたしも意地だよ。細川家は幾ら出すと言ってるんだね」

「は、はあ……」

森田屋はぐずぐずして煮え切らない。

「森田屋さん、じらすんじゃないよ」

越中屋に腕をつかまれ、森田屋は根負けしたように、

「ご家老様の仰せではここまでは出せると」

片手を開いて見せた。

「五百両……」

「それだけの値打ちが、あるんでございますねえ」

森田屋が目を細くして、越中屋の顔を盗み見た。

越中屋は考え込み、何やら胸算用していたが、やがて決断したようで、

「よし、あたしがその倍を出そう」

「ええっ」

「こいつはあたしの秘蔵のお宝のなかでも天井《てんじょう》だよ。あれを持ってるだけでとてもいい気分になれる。細川様には悪いけど、あたしのものにさせておくれ」

「よくわかりました。旦那がそこまでお言いなさるなら、あたしも腹を括ります。細川様にはなんとか丁重《ていちょう》にお断りしておきますよ」

「有難う、森田屋さん。恩に着るよ」

越中屋が感激で森田屋の手を握り締めた。

その手が汗ばんでいて、森田屋はちょっと嫌な顔をするが、

「かないませんなあ、越中屋の旦那には。本当にどっかのわがままな若旦那みたい

なんだから」

「ははは、よく人にそう言われるよ」

二人が朗らかに笑い合った。

十三

その料理屋は「紅葉山《もみじやま》」という屋号で、京橋《きょうばし》の河岸沿いにあり、大名、大身旗本か、あるいは富商しか相手にしない高級店だから、にわか成金の成り上がり者などは玄関先で断られた。

その奥まった最上級の座敷で、千切屋新左衛門、狩野静山、森田屋儀十が、満足げな様子で酒肴を前にしていた。

女を入れず、余人は一切退《しりぞ》けていた。

三人とも笑いが止まらないらしく、くすくすと忍び笑いが漏れている。

「そうかい、越中屋がまんまと罠《わな》にかかったか」

新左衛門が言えば、森田屋はうまそうに酒を舐《な》めて、

「細川家の名前を出したら奴は頭に血が上ったらしく、見境をなくしちまった。見

ていて面白かったねえ。こうなったら意地だと、自分でも言っていたよ。勝手に細川家の名前を使って悪いとは思ったがね」

「そんなことを悪びれる必要はまったくないだろう」

静山がおもむろに盃を口に運びながら、

「それを言ったら、曽呂利新左衛門の時の鍋島家だって大迷惑だ」

新左衛門が首肯して、

「そうだな。曽呂利が母親に宛てた書状は確かに鍋島家にあるんだろうが、誰も見たことがない。鍋島家とて見せるはずもない。そこでわたしが腕をふるった。あれをこさえるのは骨だったよ。ひと月以上もかかったんだからね」

「けどその曽呂利のお蔭で、あんたは一夜にして江戸で一番高名な骨董屋になれた。そもそもあれの発案はこのあたしだった。それを忘れないで貰いたいね」

森田屋が恩着せ気味に言う。

「忘れるものか。しかし曽呂利も加藤清正も、みんなわたしの筆遣いの力なんだ。おまえさんにできる芸当じゃないだろう」

「そりゃもう、あんたはさすがに元お武家だけあって、大したものだよ」

森田屋がへつらい顔で言った。

「これからも三人で組んで、高名な人の古い書状をでっち上げようじゃないか」

静山が言うと、そこで新左衛門がふっと眉を曇らせて、

「実は困ったことがある」

「なんだね」

森田屋が問い返した。

「古い書状をこさえるに当たって、例のあの紙がない。玉木屋米吉はすばらしい職人だった。それとなくほかの紙問屋に言って作らせてみたんだが、とても米吉の作ったものには及ばない。あれにまさるものはないんだ。わたしの筆の力だけではなく、多くの人を信用させるあの紙が欲しいんだよ」

静山もそれを憂いて、森田屋に目を向け、

「おい、森田屋、どこぞに腕のいい紙漉職人はいないものか」

森田屋が唸って、

「千切屋さんに言われて探しちゃいるんだがねえ、それがなかなか……」

新左衛門の方を見ると、

「あんた、どうして米吉を無慈悲《むじひ》に斬っちまったんだい。今になってこんなに困るんだったら、もう少しなんとかすればよかったじゃないか」

新左衛門は苦々しい表情で酒を呷り、

「あれはやむを得なかった。米吉は偽物作りのことをお上に訴えると言って、騒ぎ出したのだ」

「そこをなだめて、うまいこと騙《だま》くらかすことはできなかったのかねえ」

「無理だな。あれは一途《いちず》な男で、こうと思ったらおのれを曲げないのだ。あの時訴えられていたら、わたしたちはここに座っていないのだぞ」

「それもそうだな……」

森田屋ががっくりとなり、静山も思案にあぐねた。

「まっ、その件はよかろう。紙漉職人の新しいのはおいおい探すとして、何はともあれ千両が手に入るのだ。まずはそれを祝おうではないか」

森田屋が気を変えて、

「そうそう、めでたい席だってことを忘れるところだった」

けらけらと笑い、それにつられて新左衛門と静山も笑った。

するともう一人、どこかで誰かがひそかな含み笑いをしていた。

三人がぎょっとなり、見廻した。

笑い声は隣室からだ。

「誰だ」

新左衛門が鋭い声を発すると、唐紙が静かに開き、小次郎が姿を現した。黒の着流しに大刀の一本差だ。

「お初におめもじ致す」

皮肉を含んだ小次郎の声である。

「痩せ浪人が。そこで何をしている。ここは貴様のような野良犬のくる席ではないぞ」

新左衛門が落ち着いた口調で言い、すっと立って静山の脇差を抜き取った。

静山と森田屋は恐慌をきたし、おたおたと逃げ腰になっている。

新左衛門が二人を庇《かば》うようにし、脇差を構えた。

「元作州《さくしゅう》浪人、土屋統五郎《つちやとうごろう》。奸賊《かんぞく》を討つ」

小次郎が冷笑を浴びせ、

「何が奸賊だ。ふざけるな。偽物作りのこの恥知らずどもめが。義によって奸賊を討つのは、このおれだ」

「うぬっ、ほざくな」

新左衛門が猛然《もうぜん》と突進した。

脇差とはいえあなどれないものがあり、その剣先はあまりに鋭く、小次郎を圧倒した。

ざざっと後ずさり、小次郎が抜刀した。

その白刃が眼前に構えられ、その刃に彫られた家紋を見て、新左衛門が烈しくおののいた。

そこには十六弁八重菊、すなわち菊の御紋章が刻まれてあったのだ。

「ううっ、ご貴殿は何者であるか」

「死に行く哀れな者に名乗っても詮方《せんかた》ないと思うが、あえて知らしめてやろう」

静かに刀を下段に持って行き、

「麿《まろ》は正親町高煕である」

「くうっ、なんということだ」

新左衛門が驚愕した。

「どうした。麿の前にひれ伏すか」

「黙れ、そうは参らん」

新左衛門が脇差を腰だめにし、斬りつけてきた。

それをすばやく躱し、小次郎が真っ向から唐竹《からたけ》割りにした。

頭部を二つに斬り裂かれ、新左衛門が絶叫を上げて倒れ伏した。みるみる血の海が広がる。

小次郎は血刀を拭い、鞘に納めると、

「お妙、仇は討ったぞ」

その声に隣室との障子がおずおずと開かれ、そこに突っ立ったお妙が、昂《たかぶ》った目で修羅場《しゅらば》に見入った。

「あたしのお父っつぁん、これで浮かばれますね」

「うむ、そう思うぞ」

そこへ騒然とした足音がし、店の者たちが駆けつけてきた。

小次郎はそれへ向かい、

「南の御番所の田ノ内伊織殿を呼んで参れ。一人はおれが手討ちにしたが、残る者たちもおなじ釜《かま》の飯の悪党だ。縛り上げて、お上の手に委ねるがよいぞ」

そう言い残し、小次郎はさっとお妙をうながした。

月光の下をそぞろ歩くうち、お妙がしくしくと泣き出した。

小次郎が歩を止め、じっと見入る。

「嬉しいんです、ほっとしたんです」

「それは何よりだ」

お妙は泪を袖で拭うと、

「あのう、牙様はどこにお住まいなんですか。教えて下さい」

「教えるわけにはいかんな」

「どうしてですか。改めてお礼がしたいんです」

「それは無用だ。亡き父を思うおまえの心におれは打たれた。危険も顧《かえり》みず、よくやったな。それだけの話だ。礼もいらんし、感謝は迷惑だ」

「そんなあ……」

「おまえはよき父親に育てられ、しごくまっとうな娘に育った。その心根を忘れるな」

「はい」

「おれの勘ではな、おまえは近々幸せをつかむ。きっとそうなる。信じて待つのだ」

「はい、でも……」

「もういい。おまえとはこれで縁を切る。達者で暮らせよ」

そう言うや、小次郎は風のように立ち去った。

それをぽかんと見送るお妙の耳に、どこかで獣《けもの》がけーんと吠えた。

お妙はそれを野良犬と思ったが、夜道を行く小次郎の耳には、

「お狐様のお出ましか……」

そう聞こえたようだ。

第四話　狩人《かりうど》の夜

一

熊笹《くまざさ》を踏み、蔓《つる》に足を取られながら一人の若者が死にもの狂いで走っていた。走りづめらしく息も絶えだえで、その荒い息遣《いきづか》いは樹木の間に大きくこだまするかのように思えた。

（聞こえたらまずい）

恐怖が貼りついたような若者の形相は、まさに死と背中合わせだ。

手っ甲《てっこう》、脚絆《きやはん》に胸当てをし、道中差《どうちゆうざし》を帯びたその姿は飛脚《ひきやく》である。その胸当てには「木津屋《きづや》」という屋号が染めてある。だが棒つきの書状入れの箱、三度笠《さんどがさ》、木綿の引き廻しの合羽《かっぱ》、小田原提灯《おだわらぢょうちん》など、遠《とお》飛脚が携行しているはずの諸道具はどこにもないから、逃げる途中で失われたものと思える。

繁《しげ》みを搔き分けて行くと、不意に明るい視界が広がったが、若者は見る間に絶望感に打ちひしがれた。

山峡《さんきょう》はさらに深くなり、蒼然《そうぜん》と連なる連山が屛風のように若者の前に立ちはだかっている。

彼の足許の少し先は急峻《きゅうしゅん》な断崖《だんがい》で、黒い樹海が彼を吞み込もうとしているかのように口を開けている。しかも谷底からは強風が魔神のような怖ろしげな唸りを上げて吹き上げ、若者の心理をより不安に駆り立てるのだ。

また天と地さえも、それに鳴動《めいどう》するかのごとく得体の知れない轟音《ごうおん》を響かせている。

（どうしたらいいんだ）

進むも戻るも、叶わなかった。

引きつったような顔で背後を見ると、まだ追手の姿は見えなかった。

がさっ。

その時、横手で笹を踏む音がした。

若者が怯えた目を向けると、それは一頭の鹿だった。

（逃げろ、おまえもやられるぞ）
鹿が気づくように小さく手を打った。
それに驚いた鹿が、しなやかな肢体《したい》を躍らせて逃げ去った。
その方角へ、若者も鹿を追うようにして走った。
欅《けやき》の大樹が目前に迫り、慌てて避《よ》けた。
その刹那、飛来した征矢《そや》が樹木に突き立った。
若者の足が竦《すく》んで動けなくなった。
繁みを掻き分け、無数の足音が凶暴に近づいてきた。
（殺される）
力をふり絞り、こけつまろびつ逃げた。
蔦《つた》が容赦なく若者の顔面を打つ。
それに追い打ちをかけ、征矢がつづけざまに放たれた。
そのうちの一本が若者の背を射貫き、鏃《やじり》は胸板から血汐《ちしお》と共に突き出た。
「ううっ」
若者が叫んでよろめいたが、蹌踉《そうろう》となりながらも、それでも必死に逃げようとした。

片足が崖を踏み外した。

「あぁっ」

絶叫を残し、若者はごつごつとした岩肌に躰を打ちつけながら落下していった。

二

日本橋北の駿河町《するがちょう》にある飛脚問屋の木津屋は、江戸でも上位に位置する飛脚宿である。

飛脚とは書状、荷物、金銭を届ける脚夫《きやくふ》のことで、駅伝制の確立によって広く普及したものだ。

飛脚には公儀御用《こうぎごよう》の継《つぎ》飛脚、大名による大名飛脚、民間の三度飛脚などがある。民間の飛脚は寛文《かんぶん》三年（一六六三）に、江戸、大坂、京都の合仕として三度飛脚の組合ができてから成立した。

三度飛脚というのは、武家御用の飛脚として毎月三度、江戸、大坂間を定期的に往復するもので、江戸では定《じょう》飛脚と称した。

木津屋は百人からの飛脚を抱える大所帯だから、広い店土間は客や飛脚でひしめき合っていた。皆が声を嗄《か》らして話し合っている。

　そこへ人を掻き分け、田ノ内伊織と三郎三が入ってきた。

　三郎三が番頭に話を通すと、二人はすぐに奥へ通された。

　主の木津屋半右衛門《はんえもん》が間を置かずにやってきて、二人の前に座る。

「田ノ内様、お忙しいところをお呼び立て致しまして」

　痩身、半白《はんぱく》の半右衛門がもの馴れた様子で挨拶をした。

　定町廻り同心の田ノ内とは、旧知の間柄のようだ。

「なんの。これはわしの手先を務める三郎三じゃ」

　三郎三を引き合わせておき、早速膝を進めて、

「木津屋、なんぞ揉め事でも持ち上がったのか」

　田ノ内が問うた。

「はい、それが……うちの飛脚が一人、いつまで経っても戻らないのでございます。それで田ノ内様に、お力添えをして頂きたいと思いまして」

　半右衛門が眉根を寄せて言った。

「戻らぬとはどういうことじゃな」

「はい、実は……」

半右衛門の説明によると、こうである。

失踪《しっそう》したのは伊太郎《いたろう》という二十五歳の飛脚で、木津屋では中堅である。駿河町の近くの瀬戸物町《せともちょう》に住み、春雨《はるさめ》長屋で独り暮らしをしている。

伊太郎は三度飛脚もこなすが、今回は上野国安中《こうずけのくにあんなか》藩板倉《いたくら》家の、一ツ橋《ひとつばし》御門外の上屋敷から一通の書状を預かり、それを国表《くにおもて》の安中へ届ける定六便《じょうろくびん》であった。定六便というのは、今でいう速達便のことだ。

日本橋を発ったのが八日前のことで、上州《じょうしゅう》安中だと江戸から二十九里十九丁だから、飛脚の脚なら片道二日である。往復で四日としても、それ以上かかることは考えられない。

金銭を運ぶ飛脚が街道で賊に襲《おそ》われることはよくあるが、伊太郎のそれは書状一通なのだ。

また飛脚が道草や寄り道をすることはご法度《はっと》にしているから、それも考えられない。まして伊太郎は生真面目な気性で、これまでにそういう間違いは只の一度もなかった。

五日目になって半右衛門は心配が募《つの》り、飛脚の一人を安中へ飛ばした。それが昨日帰ってきて、安中藩では無事に伊太郎から書状を受け取ったという。役目は果たせたから一応は安堵《あんど》したものの、一向に戻らぬ伊太郎のことがさらに気になり、それで半右衛門は思い余って田ノ内に相談することにしたのだという。

「襲われるのは金銭ばかりとは限るまい。藩にとって重要な密書ということもある」

田ノ内が言うと、半右衛門は微かな笑みを浮かべ、

「いいえ、そのようなものではないようでして。江戸詰のおん殿が、国表の幼い姫君に宛てた文と聞いております」

「ふむ」

そこで三郎三が初めて口を切り、

「伊太郎さんは人に怨まれてるようなことはありやせんかい。もしそんなのがいたとしたら、江戸じゃ人目につくんで街道で怨み晴らしをしようと考えたかもしれやせん」

「とんでもございません。伊太郎は若いのによくできた奴で、仲間からも慕《した》われており、またよそで人と争ったことなど、聞いたこともありませんよ」

三

大家《おおや》の立ち合いで伊太郎の家へ入ると、閉め切った室内は八日分の黴《かび》の臭いがした。

四畳半一間の家のなかはきちんと整理されていて、伊太郎という男のまともさを語っている。

家のなかを見廻す三郎三の背後には、春雨長屋の大家と、住人のかみさんたちが鈴なりになっていた。

「やはり、八日前から一度もけえってねえようだな……」

誰にともなく三郎三が言うと、老齢《ろうれい》の大家は心配顔で、

「こんなことは今まで一度もなかったんだ。伊太郎さんの身に何かあったんじゃないんだろうかね、親分さん」

「そいつぁ、まだなんとも……」

三郎三が口を濁す。

「伊太郎さんは気性のさっぱりしたいい男でな、長屋じゃ人気者だったんだ」

大家が朗らかな表情になって言う。

「ここに出入りしてる親しい人はいねえのかい」

「人は連れてこねえが、伊太郎さんは酒好きで、よくこの近くで仲間と飲んでたよ」

なあと大家が言うと、かみさんたちが口々にそのことを肯定した。

伊太郎はどこにでもいる、ごくふつうの若者だったようだ。

すると若いかみさんが進み出て、

「あのう……」

「おう、どうしたい」

三郎三がかみさんに向き直った。

「一人だけ、たまにですけど訪ねてくる人がいました」

「そりゃどんな人だい」

これかい？　と言って三郎三が小指を立てた。

「いいえ、そんなんじゃありません。れっきとしたお武家さんですよ」

「お武家だと？」

「へえ、お歳は六十過ぎくらいで、いつも一文字笠でお顔を隠してますが、あたしは見てるんです。なかなかにご立派な、苦《にが》み走ったお爺《じい》さんなんです」

「伊太郎さんとは親しそうにしてたかい」

「それが親分さん、そのお武家さんが何度訪ねてきても、伊太郎さんは家にも上げず、いつも邪険《じゃけん》に追い払うようにするんです」

「おかしいじゃねえか」

「へえ、ついさっきもお見えんなって、伊太郎さんがいないとわかると肩を落として帰って行きましたけど」

「ついさっきだと？　おいおい、なんでそれを早く言わねえんだよ。目印は一文字笠なんだな」

「それとよれよれの羽織袴です」

「どっち行った」

「あっちです」

その一文字笠はすぐに見つかった。

若いかみさんが言ったように、老武士は一文字笠で面体《めんてい》を隠し、よれよれの羽織袴を身につけ、佩刀している。長身ではないが背筋が伸びて、堂々として見えた。

荒布橋《あらめばし》の袂に立った笛行商《ふえぎょうしょう》が客寄せ口上を言っていて、大人や童たちが面白がってそれを取り巻いている。

老武士はその一群から少し離れた所で、和やかな様子でそれを見ているのだ。

笛行商が唄うように、

「うぐいす笛が四文、ホウホケキョ。ひぐらし笛も四文、ピッピッピ。二つ買ったら七文に大負けだ。ホウホケキョ、ピッピッピ」

童たちがホウホケキョやピッピッピを口真似《くちまね》し、大人たちの笑いを誘う。

すると老武士が笛行商へ寄って行き、うぐいす笛を買い求めた。

そして笠の下でそれを吹き鳴らしながら、老武士は歩き出した。

童が吹くのならともかく、老武士がそれをやるとどこか哀愁《あいしゅう》が滲《にじ》んで感じられた。

（いってえなんなんだ、あの爺さんは）

気になる顔で、三郎三が尾行を始めた。

四

牙小次郎のそばに座った小夏が、洗い張りした小次郎の浴衣を手際よく畳んでいる。

その姿はどう見ても幸せそうな女房そのものだから、三郎三は面白くない顔で眺めている。

石田の家の小次郎の離れだ。

「それでどうした、三郎三」

小次郎がしびれを切らせたように、話の先をうながした。

「それでって、どう見ても恋女房みてえだから、あっしだって焼き餅《もち》ぐれえは……」

「何を言っているのだ。その老武士の話のつづきだ」

三郎三がはっとわれに返ったようになって、

「へ、へえ……爺さんは椙森稲荷《すぎのもりいなり》の裏にあるちっぽけな家にへえって行きやした。そこは稲荷の宮司《ぐうじ》の持ちもんでして、爺さんは借りて住んでるんです」

「家族はいないのか」

三郎三がうなずき、

「名めえは井伏掃部頭《いぶせかもんのかみ》――なんだか偉そうですよね。独り暮らしってえことは、あれはなんぞ深い事情があるんですぜ。それが飛脚の伊太郎とどんな関わりがあるのか……」

「ちょっと、三郎三の親分。今なんて言いました」

小夏が浴衣を畳む手を止め、三郎三に問うた。

「何がよ」

「そのお武家さんの名前、もう一遍《いっぺん》言ってみて」

「だから、井伏掃部頭」

「………」

「どうした、女将。知ってる人なのか」

三郎三が問うた。

小夏は首をひねり、何かを思い出そうとしながら、

「井伏掃部頭……井伏……どっかで聞いたことがあるような、ないような……ああ、駄目だわ、思い出せない」

「なんだよ、話の腰を折るなよ」

「ご免なさい」

「そういうわけで、旦那」

三郎三が小次郎へ改まり、

「あっしぁ明日から御用旅に出やすんで、留守中よろしくお願え致しやす」

「安中まで行ってみるのだな」

「伊太郎の足取りをたどってみようかと」

「何やら嫌な予感がする」

小次郎が気になる目を向けた。

「旦那もそう思いやすかい」

「伊太郎という飛脚の身に災いがふりかかった……おれはそう見るぞ」

三郎三が表情を引き締め、

「何があったのか、しかと突きとめてめえりやすよ」

それで三郎三は帰って行ったが、小夏も離れを出て母屋へ渡り、纏職人たちの仕事部屋へ入った。今日はろ組の纏作りに全員が取り組んでいる。

そのでき具合を小夏が点検していると、職人たちの会話が聞こえてきた。

「近頃の旗本どもはたちが悪いからな、そんな奴はひと睨みしてどやしつけてやりゃいいんだよ」

「そうしてやったさ」

「どうなったい」

「こちとらがけつをまくったら、雲を霞と逃げてったぜ」

「そいつぁいいや」

笑いが上がった。

同時に小夏がぱっと目を上げた。

急いで仕事部屋を出て、離れへ戻った。

小次郎の前にぺったり座った。

「旦那、思い出したんです」

「なんのことだ」

小次郎は面食らっている。

「井伏掃部頭様」

「知り合いだったのか」

「助けられました」

「何があった」

「昨日のことですけど、たちの悪い旗本たちに他愛もないことで日本橋の上でからまれたんです。すれ違いざまにあたしの尻を触ったから怒ったんですよ。そうしたら奴らが逆上して取り囲まれました。あたしが困っていると、そこへ通りかかった井伏様が助けてくれたんです」

「どうやって助けた」

「旗本たちは井伏様を知ってるらしくって、なんだか妙な感じでした。井伏様が黙って睨みつけると、旗本たちは馬鹿にしたような笑いを浮かべてそのまま立ち去ったんです。それであたしがお礼を述べて、お名前をと聞いたらなかなか教えてくれません。しつこく食い下がったら、ようやく井伏だと。下のお名はあたしには言いませんでした」

「井伏掃部頭殿は零落《れいらく》した元旗本――そんなところのようだな」

「品のいい、ご立派な御方でした。落ちぶれてるようにはあたしには見えませんでしたけど」

「ふふふ……」

小次郎が忍びやかな笑い声を漏らした。

小夏はきょとんとした顔になる。

「江戸という所は面白いな」

「はっ？」

「井伏殿はたとえ零落しても、武士の矜持《きょうじ》は忘れぬ人のようだ」

小次郎の目には、井伏掃部頭への興味が沸々と湧《わ》いているように見えた。

五

椙森稲荷の裏手は竹林になっていて、その奥の陋屋《ろうおく》に井伏掃部頭は住んでいた。

土間は広めだが部屋は二間しかなく、家具調度の少ない質素《しっそ》な暮らしぶりだ。

残暑が照りつける日で、縁側に出た井伏はかたわらに徳利を置き、朝から酒を飲んでいた。

ひぐらしが鳴いていて、蚊いぶしの火口からはゆらゆらと煙が漂っている。

細面《ほそおもて》に深い皺が刻まれているが、鼻梁《びりょう》が高く、顎《あご》の尖った面立ちは苦み走って、井伏にはおのずと具わった威厳のようなものがあった。

緑鮮やかな竹林を眺めていた井伏が、ふっと顔を上げた。

小次郎がこっちを見て立っていた。

目と目が合ったが、二人はすぐには何も言わない。

小次郎はそのままふらりと寄ってくると、

「一献、頂戴《ちょうだい》したいが」

と言った。

井伏は何も聞かず、黙って立つと台所へ行き、湯吞みを持ってきてそれを小次郎に取らせ、徳利の酒を注いだ。

小次郎は井伏の横にかけ、ちびりと酒を飲む。

「さて、いずこの御仁《ごじん》かな」

井伏が目許《めもと》を和ませ、笑みを湛えながら問うた。

小次郎は悪戯《いたずら》っぽい目になると、

「忘れました」

「ははは、これは面白い御方だ」

「世捨て人か、貴殿は」

「左様。人と交わらず、世間に背を向けて生きている。もはや生きたくはないのだが、こればかりはままにならん。迎えがくるのを待っているところだ」

諧謔めかして言った。

恬淡《てんたん》と語る井伏には、俗世から離れた清らかさのようなものがあった。枯淡《こたん》の境地にあるのか、欲も得も捨て、それはまるで捨身の行《ぎょう》をしている禅僧《ぜんそう》の姿にも見えた。

そんな井伏に、小次郎はある既視《きし》感を覚えていた。

井伏は見知らぬ小次郎を迎えながらも、心楽しくなってきたようで、

「自画自賛になるやも知れぬが、これでもわしは、その昔はひとかどの武士であったのだ」

胸を張るようにし、問わず語りに話し始めた。

「わしは家禄《かろく》五百石高の旗本の家に生まれ、常陸国《ひたちのくに》に知行所《ちぎょうしょ》も与えられていた。家督を継いでからはとんとん拍子に出世を遂げ、御徒頭《おかちがしら》の御役を賜《たまわ》った。御役高は千石だ。十一人の郎党に十人の女を置き、この上ない栄華を極めた時期もあった。さらに御小納戸頭取《おこなんどとうどり》の娘を嫁に貰い、毎日が夢のなかにいるようであったのだ」

往時を語る井伏の目は輝き、その背後からは女の嬌声《きょうせい》や、数知れない酒宴のさんざめきが聞こえてくるようであった。今は落魄の風情だが、井伏には豪奢な男の華やかさが残滓《ざんし》としてあった。

小次郎は勝手に徳利を傾け、ひたすら無言で酒を口に運んでいる。
「しかし……」
井伏が大きな溜息を吐き、
「よきことは長くはつづかぬもの……それは世の常とわかっていながら、みずから
わしは梯子から転げ落ちてしもうた」
「身を誤ったのですか」
静かな小次郎の声だ。
「驕《おご》り高ぶり、人を人とも思わず、この世はわしだけに許された酒と女の桃源郷《とうげんきょう》
と思うていた。巷《ちまた》で乱暴を働き、女も泣かせた。今思えば、あの頃のわしはなん
と無慈悲な男であったことか……」
小次郎がほっと吐息を吐き、
「それは悔やんでも悔やみ切れませんな」
「いかにも。何も考えず、生き恥《はじ》を晒しておったのだ。そんなわしの素行を目付方《めつけがた》
に調べ上げられ、御役御免となった。それからの転落は早かった。妻は実家へ戻り、
井伏家武門を守るために親戚筋の者が立ち、わしはなにがしかの金を持たされて放《ほう》
逐《ちく》された。つまりは縁切りにされて追い出されたのだ」

「……」

「そうなったのが二十年前で、その間に世の中も変わった。風の便りに元妻の死を知った時は、すまぬすまぬとひと晩泣き明かした。元妻との間に子を生《な》さなかったのがせめてもの幸いで、以来、わしはこうして身軽に独りで生きつづけている」

そうした井伏の述懐《じゅっかい》にも、小次郎には既視感があった。

父のことである。

小次郎の父は雲上人でありながら型破りな男で、若い頃は洒脱《しゃだつ》な粋人として鳴らし、井伏とおなじように酒と女に放埒《ほうらつ》な人生を送っていた。ゆえに母とは冷たい関係となり、宮中でも孤立した。

おのれが招いたその寂しさを、父は小次郎の育成に情熱を注ぐことで紛《まぎ》らわせた。息子のためならと湯水のごとく金を使い、剣の道を究めさせ、学問も名高い学者を遠くから呼び寄せた。そうして文武共に身につけさせ、小次郎を成人させたのだ。

少年の頃から両親の冷えた関係を知っていたが、小次郎は父からの愛情を一身に受けつつも、これがまた一風変わった青年に成人した。父のように遊惰《ゆうだ》の道に溺れることは決してなく、世間や人を斜めから、冷やかに見る男に育った。

つまり両親のせいで、とんだへそ曲がりになってしまったのかも知れない。

だから今は距離を置いた両親にさえ、小次郎は冷めた目を向けるのだ。といって冷酷というのではなく、その胸の底には父とおなじ熱血が流れているのだが、感情の表し方が屈折《くっせつ》していて、それが風変わりなこの男を形成しているのだ。

小次郎自身がおのれを客観視すれば、そういうことだった。

「お手前、不思議な御仁であるな」

井伏の言葉に、小次郎が目を向けた。

「独りになって二十年、わしは誰にも心を開いたことはなかった。ましてやおのれの身の上など、人に語ったことはない。それがどうしたことだ。いきなりふらりと現れたお手前に酒を所望《しょもう》され、それだけであっさり心を許してしまった。今までのわしでは考えられんことだ」

「わたしもおなじ思いですよ」

「なんと」

「人の身の上話など、聞かされるのは迷惑と思うておりました。それが愉快な気分ですんなり聞けたから不思議です」

「わしの転落の人生が愉快と言われるか」

「すべては身から出た錆《さび》ゆえ、やむを得ますまい」

忌憚《きたん》のない小次郎の言葉だった。

「ふむ、身から出た錆か……確かにその通りだな」

「ひとつお尋ねしたい」

「うむ」

「外腹《そとばら》の子はおりませぬか」

「それは……」

井伏が忸怩《じくじ》たる思いになったように、目を落とした。

「やはりいるのですな」

「芸者に産ませた子が一人おる」

「その子はいずこに」

「よき若者に成長し、今は町飛脚をやっている」

「……」

「なぜそのようなことを」

「気になされるな。無聊《ぶりよう》をかこつ浪々暮らしゆえ、人の事情に首を突っこむ悪い癖がありましてな」

「左様か」

「ではぼちぼちお暇《いとま》を。うまい酒でした」

「それは何より」

「またお邪魔してもよろしいか」

「断る理由がござらんな」

二人が奇妙な含み笑いを漏らした。

それで小次郎は立ち去った。

またぽつんと一人に戻ったが、井伏の心はなぜか竹林を騒がせる風のようにざわついていた。

「伊太郎、どうしているのだ……」

不安な声でつぶやいた。

六

三郎三は初め、板橋《いたばし》を出て中仙道《なかせんどう》を一路、安中をめざした。

安中まで三日を要し、木津屋半右衛門から飛脚の脚だと二日と聞かされていたから、三郎三は改めて舌を巻いた。

（おいらだって脚にゃ自信があるけど、やっぱり飛脚にゃかなわねえや）

なのである。

安中の城下を歩き廻って伊太郎の情報を集めようとしたが、さしたる収穫はなかった。書状を渡しただけで、伊太郎は身をひるがえしたのに違いない。風のように通り過ぎる飛脚のことなど、誰も気に留《と》めないのだ。

その日は安中の城下に泊まり、翌日は戻りになって、板鼻《いたはな》、高崎《たかさき》でまた聞き込みをして廻った。しかし結果は安中とおなじだった。

そうしている間にも、宿場を飛脚が何人も通って行った。三郎三の目には、そのどれもが伊太郎に見えた。

高崎から倉賀野《くらがの》へ戻り、そこからさらに新町《しんまち》、本庄《ほんじょう》と移動した。

木津屋の飛脚で伊太郎、というだけで顔を知らないから、探しようがなかった。

だがそれまで辿ってきた宿場で、異変、事件などは起きていないことを知り、では伊太郎の身にいったい何があったのかと、三郎三は途方にくれた。

本庄に泊まり、そこから二里二十五丁の深谷《ふかや》に着いた。

まだ日が高いから、そのまま熊谷《くまがや》まで行こうとしたが、残暑が照りつけ、とてもたまらないと思って街道にぽつんとある茶店に駆け込んだ。

「おい、冷てえ麦湯でもくれねえか」

床几《しょうぎ》にかけてそう言ったが、誰も出てこない。

手拭いで汗を拭い、ふっと道しるべを見ると「これよりちちぶみち」と記してある。

田圃《たんぼ》の間を貫くように長い道がどこまでもつづいていて、恐らく秩父へはそこから入って行くのだろうと思われた。

長い道の遥《はる》か彼方《かなた》には渺茫《びょうぼう》たる荒野が広がり、青く霞んだ山脈が連なっている。

「何しにきた」

後ろから突然声がしたので、三郎三がびっくりしてふり向くと、ざんばら髪の鬼《おに》婆《ばば》のような婆さんが立っていた。赤い前垂れがちっとも似合わず、しかも婆さんは顔の目立つ所に膏薬《こうやく》を貼っている。

「何しにきたはねえだろう、冷てえ麦湯をくれよ」

「そんなしゃれたものはねえ」

「じゃ何があるんだ」

「蛇の干したの」

「なに」

「蛙の丸焼き」

「いらねえ。水でいいや」

「三文、前払いだ」

「水が三文もするのか」

「ここいらの水はいいからね、江戸のとは大違いだ。江戸からきなすったお人だろう。うちのを飲むと肌がすべすべときれいになる」

「なってるよ、もう。ったくもう……」

ぶつくさ言いながら三文を渡すと、婆さんはすぐに引っこんで湯呑みに水を満たしてきた。

「お、すまねえ」

早速飲もうとし、湯呑みの底を覗いてげんなりした。小さな虫が泳いでいる。

「まっ、いいか」

背に腹は替えられず、虫ごと水を飲んだ。

渇いた喉を潤し、冷たくてうまかった。

「ここは何かい、秩父へ行く道なのかい」

前の道を指して三郎三が言った。

「そうだ」

「だったらちょっと聞くがな、十日ぐれえ前にこの辺りで揉め事か何かなかったかい」

無駄だと思ったが、婆さんに聞いてみた。

「どんな揉め事だ」

「たとえば男と男が争ってるみてえな」

「そう言われりゃ、争いってほどじゃねえけど妙なことがあった」

三郎三がにわかに身を乗り出し、

「どんなことだ」

「水はもういらねえか」

「いらねえ。いや、いる。飲むから話してくれ」

また三文を追加し、婆さんはおなじ湯呑みに水を入れて戻ってきた。

覗くと、今度は虫はいなかった。

長い話にでもなるのか、婆さんは三郎三の横にどっこらしょっとかけて、

「あんたが言うその頃に、江戸からきた飛脚がここに立ち寄って休んで行った。帰りの道中みてえだったな」

「どんな飛脚だ」

「二十半ばくれえの、いなせな若い衆だったよ。おら、胸がときめいただ」

三郎三はうんざりして、

「胸当てを見たか。そこに飛脚宿の屋号が書いてあるんだ」

「木津屋とあった」

「くわあっ」

三郎三が興奮し、ぱっと立ち上がってまた座った。膝頭が震えるほど有頂天《うちようてん》になった。

「そ、それでどうした」

「そこへ中間《ちゆうげん》が寄ってきた」

「なんだ、その中間てのは。見たことある奴か」

「知らねえ奴だ」

「それから」

「中間は飛脚にひそひそと話しかけて、金を見せていた。けど飛脚は受け取らなかった」

「何か頼みごとをしたんだな」

「そうみてえだ。そのうち中間はいなくなって、飛脚もここを出て行った。おらがそれを見送っていると、どっかへ行ったはずの中間がまた姿を見せて、飛脚にしつこく話しかけていた。そのうち飛脚の気が変わったのか、中間と一緒に引き返して行っただ。なんの話をしてたのかは知らねえが、妙だと思わねえか」

「どっちへ行った」

婆さんが無言で秩父道を指した。

三郎三は長い道をどこまでも行き、畑仕事をしている何人かの百姓をつかまえ、十日ほど前に飛脚と中間の姿を見なかったかと、片っ端から聞いた。

だが答えはおなじで、皆が知らないとかぶりをふった。

そこからさらに進んで山裾《やますそ》まできたところで、周囲にそぐわない豪壮《ごうそう》な武家屋敷が出現した。

海鼠塀《なまこべい》をめぐらせ、立派な長屋門の大屋敷だ。屋敷の人間の姿は見えなかった。

（こいつぁ驚いたな、いってえ誰の屋敷なんだ）

後ろに下がって屋敷全体を眺めていると、老いた百姓が通りかかったので、誰の屋敷かと聞いてみた。

「お旗本の花房《はなぶさ》様ですだ」

百姓の答えだ。

「花房様……」

「千石取りのご大身でのう、ここいらは花房の御前の知行所なんじゃよ」

「そうですかい」

それで百姓は行ってしまったが、三郎三は雷にでも打たれたかのようにして茫然と佇んでいた。

その屋敷が、おどろおどろしい黒い伏魔殿《ふくまでん》のように思えたのだ。

七

それから三郎三はさらに近在の聞きこみをつづけ、飛脚に関する新たな情報を得た。

それは深谷寄りの国済寺《こくさいじ》という禅寺の住職からのもので、そこでもやはり謎の中間が飛脚に話しかけている姿が目撃されていた。

住職の話は、こうである。

「あれはふた月ほど前のことで、わしの所で座禅会を催した日だったのでよう憶えておる。近在の衆が集まったなかに江戸の飛脚が混ざっておっての、戻りの道中らしかったが、座禅会のことを聞きつけたので是非とも修行させてくれと、そういうことであった。結跏趺坐《けっかふざ》ののち、四弘誓願文《しぐせいがんもん》の諷誦《ふうじゅ》にも力が入っておったから、粥座《しゅくざ》の時に尋ねると、江戸でも熱心に禅寺に通っているとのことであった。好ましきよき若者で、またこちらへ参ることがあったらいつでも立ち寄れと申しておいた。その飛脚が立ち去って間もなくして、早飛脚の合鑑《あいかん》を忘れておったのでわしが急いで後を追うたんじゃ。すると松並木の所で、その飛脚がどこぞの中間者と立ち話をしておった。わしが声をかけようとすると、飛脚はこっちにまるで気づかず、中間者と早足で行ってしもうたのじゃよ」

　これがその時の合鑑だと、住職が差し出したその木札の裏には、

「市ケ谷《いちがや》左内坂町《さないさかまち》和泉《いずみ》屋・末吉《すえきち》」

　と記してあった。

　その後、住職は飛脚も中間者も見かけていないと言う。

　三郎三は飛脚の合鑑を預かると、深谷を後にした。中仙道を韋駄天《いだてん》で突っ走り、日本橋に着いたのは翌日の夜になっていたが、構わず八丁堀の田ノ内伊織の組屋敷

へ駆け込んだ。

田ノ内は早くに妻に先立たれ、以来独り身を通しているから、賄いの小者がいるだけで邸内はいつも静かだ。

寝巻姿の田ノ内にこれまでの報告をしておき、その後、小者が作ってくれた大盛り飯が泪が出るほどうまかった。それでひとまずその夜は引き上げた。

そして翌朝になって再び田ノ内と会い、同道して貰って市ケ谷左内坂町の飛脚問屋和泉屋へ赴いた。

和泉屋は木津屋とほぼ同格の、立派な飛脚宿であった。

主は大年増《おおどしま》の女将で、合鑑を手にするなり顔を青褪めさせ、

「こ、これはうちの末吉のものに相違ございません」

と言った。

詳しく話を聞くと、末吉はふた月前に信州《しんしゆう》善光寺《ぜんこうじ》まで書状を届けるために江戸を発ったが、それきり戻ってこないのだと言う。

「そのこと、御上に届けなかったのか」

ふた月も放置してと、田ノ内が咎めるような口調で言った。

すると女将は、北のお奉行所に届けましたときっぱりと言い、しかしお役人に任

せたままで、こっちも忙しさにかまけていた、それはよくないことだったと正直に答え、苦悩《くのう》を見せた。

北町と南町は月番交替だが、大きな事件ならともかく、失踪人などの探索は数知れないから、引き継ぎのなかで漏れたものと思われた。それに北と南は日頃から張り合っているところがあるので、多分に意思の疎通《そつう》を欠くのである。

女将の方も気になって、店の信用もあるから、その後善光寺まで飛脚を走らせ、書状が無事に届いたかどうかの確認はした。

善光寺側では、末吉から確かに書状を受け取り、問題はないとのことだった。

末吉はどんな飛脚だったかと三郎三が問うと、熱心に禅寺に通うような若者だから、これまでにただの一度も落ち度はなく、それだけに今回の失踪は解せないのだと女将は言った。

そして木津屋の伊太郎とおなじく、末吉も独り身であった。

和泉屋を出て蕎麦屋に立ち寄り、田ノ内と三郎三はなんとも突き抜けない気持ちで向き合った。

二人とも浮かない顔で、蕎麦もろくに喉を通らない。

「これ、三郎三よ、どうしてこう飛脚ばかりが姿を消すのかのう」

田ノ内が長嘆息で言った。

「まったくですよ、解せやせんねえ。飛脚の持ってる荷物が狙いじゃねえことは確かなんですから、なおさらでさあ。これが街道の追い剝《は》ぎかなんかだったら、もっとわかり易いんですが」

秩父の山裾で見かけた旗本屋敷のことは、三郎三は田ノ内に打ち明けるつもりはなかった。

そんな大身旗本の調べとなると、町方の管轄《かんかつ》外だし、田ノ内の手に余ることは歴然としていた。

（こいつぁ牙の旦那に頼むしかねえ）

そう心に決めていたのだ。

八

その夜、芝増上寺《ぞうじょうじ》近くの浜松町《はままつちょう》の料亭で、旗本ばかりの寄合があり、元禁里付の大久保伊予守が愛宕下大名小路《あたごしただいみょうこうじ》の屋敷へ帰邸したのは、夜も更けて四つ（十時）を過ぎていた。

迎え出る用人の挨拶を受け流し、大久保は寝所《しんじょ》へ向かった。したたかに飲んだらしく、足許がやや覚つかない。しかもうまい酒ではなかったようで、少し悪酔いをして憮然とした面持ちである。

寝所の手前の小部屋で、侍臣の介添《かいぞ》えで夜着に着替える。

大久保ほどの大身になると、日常の介添えはすべて男手で、女は近づけさせないことになっている。彼の妻女や子らは、別棟で生活しているのだ。

ゆらゆらとした足取りで寝所へ入り、行燈《あんどん》を吹き消し、御簾《みす》を上げて夜具《やぐ》へ入ろうとした。

そこで大久保はぎょっとなり、一瞬怖気《おぞけ》をふるった。それで一気に酔いも吹っ飛んだ。

いかに豪胆《ごうたん》な大久保でも、夜具の上に黒い影が座っているのを見て、肝を冷やさぬはずはなかった。

「何奴……」

言いかけた言葉を呑み、あっとなった。

青い月明りが、小次郎の彫りの深い顔半分を照らしている。黒の着流しに身を包んだその姿は幽鬼然《ゆうきぜん》として、大久保ならずとも怖ろしげなものを感じさせた。

「こ、これは親王様」

恐懼《きょうく》し、慌ててその場にひれ伏した。

「驚かせてすまぬ」

静かな小次郎の声だ。

「警固の目を抜けて、どのようにして入られましたか」

驚嘆《きょうたん》する大久保の問いに、小次郎は不敵な笑みで、

「旗本屋敷などどちょろいものだ」

悪戯っぽい目で言い、

「ここへ辿り着くまで、誰の目にも触れなかったぞ」

「は、はあ……」

屋敷の主としては立場がない。

「して、今宵は何用でござりましょうや」

「花房石見守《いわみのかみ》という男を知っておるか」

「はっ、よく存じております」

大久保はにわかに表情を曇らせ、

「……花房が何か」

「どんな男か知りたい」

江戸へ立ち戻った三郎三の口から、秩父の旗本屋敷のことを聞くや、小次郎は武《ぶ》鑑《かん》から花房石見守の名を割り出し、彼に対する疑惑を深くした。それで飛脚失踪の嫌疑をかけても十分、と踏んだのである。

木津屋伊太郎、和泉屋末吉の失踪は同一犯の仕業と思っていた。

「家禄はそれがしとおなじ千石取りですが、花房は今は御先手弓頭《おさきてゆみがしら》の御役に就《つ》いておりまする。恐らく、飛ぶ鳥を落とす勢いのつもりでござりましょう」

「親しいのか」

「とんでもござりませぬ、それがしとは犬猿《けんえん》の仲でして。顔を合わせればたがいに不快ゆえ、そっぽを向き合うておりまする。今宵も旗本の集《つど》いに奴と同席させられ、まずい酒になり申した」

「気性がよくないのか」

「それがしに言わせれば、あの男は腹が黒過ぎまする。邪悪で疑り深く、しかも尊大で人を人とも思いませぬ。軟弱な今の侍を嘆いては、そういう輩《やから》を見ればどこでもつっかかって行くのです。奴の悲憤慷慨《ひふんこうがい》はわからぬでもありませぬが、それが度を越しているのでございます。若い旗本が奴に打擲《ちょうちゃく》されているのを、それがしが止めたこともございます。奴の楽しみは弱い者いじめなのです」

「妻子はいるのか、花房に」

大久保は失笑を浮かべ、

「気位の高い奥方に男子が二人ございます。ゆえに花房家はこの先も安泰、というわけでして」

「花房に関する逸話《いつわ》は、ほかに何かないか」

「はあ……」

大久保は暫し考えていたが、

「坂東武者を自認し、気の荒いところはそれがしとおなじでございまするが、奴には多分に残虐《ざんぎやく》な節が」

「たとえば」

「以前に小者が粗相《そそう》を致し、それに怒った花房が弓矢を放って射殺《いころ》したと、聞き及びまする。小者は花房が大事にしている蒔絵皿を割ったそうでして。しかし妻女の実家に力があるので、その件は金で揉み消したようでござりまする。何せ妻女は無役とは申せ、表高家《おもてこうけ》の家柄ですからな」

「……」

小次郎は眉目《びもく》に憂いを漂わせ、

「花房は知行所へ行くことはあるのか」

「秩父には月に一度鷹狩《たかが》りをしに参ると、千代田《ちよだ》の城中にて自慢しておりました」

「なるほど、鷹狩りか」

小次郎が含んだ目でうなずく。

「親王様、花房が何か仕出かしたのでござりまするか」

「それはまだ不明だ」

夜分にすまぬと言い、小次郎が不意に御簾から出ると、大久保がばたばたと追うようにして、

「親王様、このような形ではなく、一度表よりお遊びにきて下さりませ。ご馳走をたんと用意させましょう」

「そのうちな」

素っ気なく言ったが、悪いと思ったのか、

「伊予、次に会うことがあるとして、もっと肩の力を抜いてくれぬか」

「はっ？」

「今のおれは親王ではない。そこいらの浪人と思うてくれい」

「そ、そういうわけには参りませぬ」

「そうしてくれと申しておるのだ」

「ははっ」

大久保がまたひれ伏した。

その様子ではこの先も改善されそうもないので、

「ふん、杓子定規《しやくしじようぎ》め」

つぶやいて、小次郎はひらりと出て行った。

九

若い旗本の白井数馬《しらいかずま》が、鈴蘭《すずらん》の花束を手に土手の道をやってきた。

公用ではないらしく、供は老僕一人である。

その日は残暑が遠のいて、初秋の涼やかな風が吹いていた。

新《あたら》シ橋《ばし》を外神田《そとかんだ》の方へ渡ろうとして、そこで主従は顔を引きつらせて立ち止まった。

行く手を塞ぐようにして、花房石見守が立っていたのだ。

家臣の本郷喜四郎《ほんごうきしろう》、津田兵庫助《つだひょうごのすけ》、そして中間の弥之吉《やのきち》がその周りに屯《たむろ》している。

「わしは御先手弓頭の花房石見守盛親《もりちか》と申す者だ。そこもとの名と役職を聞きたい」

花房は脂ぎった偉丈夫《いじょうふ》で、歳の頃は三十前後か、男にしては華美な小袖を着ている。刀も白鞘《しらさや》の美麗なものだ。

白井は花房に威圧され、しどろもどろになりながら、

「何ゆえのお尋ねでございましょうや」

「黙って聞かれたことに答えい」

「はっ……それがしは白井数馬と申し、中奥小姓《なかおくこしょう》を務めおります」

繊細で色白、線が細く、突き出た喉仏を震わせるようにして言った。

御先手弓頭と中奥小姓では、月とすっぽんほどの身分差だ。

すると花房が傲岸《ごうがん》な面構えに、歪んだ笑みを浮かべ、

「大事なお役にある者が今日は何事だ。いずこへ参る」

「本日は非番にて、母の墓へ参る所存にございます」

花房は底意地の悪い目になると、

「ほう、その白き可憐《かれん》な花を墓前に手向けるつもりか」

「左様でございます。ではご免」

一礼して行きかかると、花房がそれを押し止めた。

「この先には柳橋がある。母御の墓参とは真っ赤な嘘であろう。脂粉の匂いを嗅ぎに行くのではないのか」

白井の頬にぱっと朱が差し、

「何を申されますか。それがしが行こうとしているのは浅草天王町《てんのうちょう》にございます。寺社の名を華徳院《けとくいん》と申し、当家の菩提寺《ぼだいじ》なのです。妙な言いがかりはおやめ下されませ」

「それは本当のことなんでございます」

老僕が白井を庇うようにして前へ出て言うと、いきなり花房に突きとばされた。

「下郎は引っこんでいろ」

「ご無体な」

老僕が抗弁しようとするが、花房に睨まれてはっと口を噤《つぐ》んだ。

白井が必死で、背伸びするようにして、

「非番なのですから、それがしがどこへ参ろうと勝手でございましょう。そこをお通し下されませ」

「わしはな、貴様のような軟弱者は毛虫より嫌いなのだ。泰平の世に馴れたこの骨なし侍めが」

花房がさらに目に火を燃やし、

「三河《みかわ》武士の魂を知っておるのか。男子たるもの、花など携えて歩くこと、恥とは思わんのか」

「花を携えて何が悪いのでございますか。ご貴殿にとやかく申される筋合いではございませんぞ」

がつっ。

白井が顔面を殴打され、橋の欄干《らんかん》によろめいた。

「わ、若っ、大事ございませぬか」

老僕が白井に駆け寄った。

白井の唇から血が流れている。

花房がさらに拳を固めて、

「不意をくらってその体《てい》たらくでは、剣の腕も知れておるな。どうだ、引っこみがつかんであろう。この屈辱を晴らさねば、三河武士とは言えんぞ」

花房の放言に、それまで黙って見守っていた本郷、津田、弥之吉らがおもねりの笑い声を上げた。

橋の両岸には、いつの間にか野次馬が立ち並んでいる。

そのなかにいて一部始終を見ていた小次郎がすっと行動を起こし、白井主従の方へ寄って行き、助け船を出した。

「こんな愚かな輩など、まともに相手にすることはないぞ。寺には遠廻りをして行くのだな」

「ど、どなたか存じませぬが、忝い。恩に着ます」

白井が小次郎に深々と頭を下げ、老僕をうながすと、逃げるように元きた道を引き返して行った。

花房は憤怒の形相で小次郎を睨み据え、

「愚かな輩とは誰のことだ、あん？　今一度申してみよ」

「この橋の上にいるおまえだ。ほかに誰がいる」

「うぬっ」

花房が刀の鯉口《こいぐち》を切り、抜刀しようとした。

だが小次郎の方が速く、その手許を鉄扇《てっせん》でしたたかに打った。

「うっ」

痛みに花房が手をしびれさせた。

本郷、津田が殺気立って刀を抜き合わせ、弥之吉も脇差を抜いた。

野次馬がどよめきを上げた。

小次郎は本郷らを睥睨し、

「愚かな主に愚かな従者か。揃いも揃って救いようのない者どもだな」

「かあっ」

本郷が怒りに呻き、刀を正眼に構えた。

小次郎が皮肉な笑みになって鉄扇を突き出し、その剣先へじりじりと近づいて行く。

「できるのか。人を突けるのか。やれるものならやってみるがよい」

小次郎の気魄《きはく》に呑まれ、本郷は刀を構えたままでだだっと後ずさった。その膝が震えている。

「おのれ」

横手から津田が斬りつけようとした。

その鼻先に鉄扇が走った。

「あっ」

津田が立ち往生し、知らぬ間に鼻血が噴き出した。慌てて手拭いで止血する。

野次馬たちがやんやの喝采《かっさい》を浴びせた。

形勢の不利を知ると、花房は憎悪を抑え、無理な作り笑いで、

「お主《ぬし》、見上げた男だな。いや、男惚《おとこぼ》れしたぞ。どうだ、水に流して一献傾けぬか。わしはこういう腹の太い男なのだ」

「おれを酔わせて意趣返しをするか。貴様の酒を飲むのなら、どぶの水を飲んだ方がまだましであろう」

「ほざいたな」

花房が怒髪天《どはってん》を衝いた時には、小次郎は踵を返していて、

「あえて後ろを見せてやる。野次馬の前で卑怯を晒して突いてこい」

背中で嗤《わら》った。

「くうっ」

花房がぎりぎりと切歯し、小次郎を見送った。

十

木津屋半右衛門に昼間から酒をふるまわれ、三郎三はすっかり上機嫌になって、

「いやいや、昼間っからこんなご馳んなっちまって、大旦那にゃ本当に申し訳ねえ」

「何をお言いなさる。お役とは申せ、この暑いなかをよくぞ遠方まで。お見それしましたよ、三郎三の親分はお若いのになかなか気骨がおあんなさる」

三郎三はおだてに弱いから、すぐに図に乗って、

「嬉しいことを言ってくれるなあ、こう見えても仰せの通り気骨だけはありやすからね、誰も肝心なことを突きとめられねえから、あっしも躍起《やっき》んなったんです。それで秩父の山裾にあるあの屋敷を見つけたんだ」

半右衛門が真顔になって、

「なんですか、その屋敷というのは」

「これが怪しい屋敷なんですよ。花房ってえお旗本の知行所なんですがね、いなくなった伊太郎さん、それにあとでわかったことですが、ほかの飛脚もどうやらおんなじ目に。その二件と山裾の屋敷が無関係とは思えねえんですよ」

「し、しかし相手がお旗本では手が出せませんなあ」

「そうなんですが、なあに、こちとらにゃいざって時に頼みになる人が……」

三郎三が酔眼《すいがん》を瞬《しばたた》いて、一方を見ている半右衛門の視線を追った。

木津屋の庭の枝折戸《しおりど》の向こうに、一文字笠の井伏掃部頭が立っていたのだ。二人の会話を最前から聞いていたようだ。

「こ、こいつぁいけねえ」

三郎三が慌てて居住まいを正した。

半右衛門は井伏の方へ曖昧な笑みを向け、

「これは井伏様、そのような所に立っておられずと、どうぞこちらへ」

「……」

井伏は重々しい気配でそこに佇立し、何も言わないでいる。

三郎三は目を逸らしているが、井伏のことが気になってならない。

やがて井伏が無言のままで立ち去った。

「あの人、ご存知なんで？」

三郎三が聞くと、半右衛門は困ったような笑みで、

「ああして見えられては、伊太郎はまだ戻らぬかと」

「伊太郎さんと、いってえどういう関係なんですかねえ」

「さあ、詳しいことは何も。伊太郎がいなくなってからというもの、ちょくちょくああしてお見えんなるんです。氏《うじ》も素性も何もお話しんなりませんので、あたくし

どももどういう御方なのか……まっ、伊太郎と因縁があることは確かなんでしょうが」

「ふうん」

三郎三が腕組みで考え込んだ。

十一

小次郎が井伏の陋屋を訪ねると、昼間から雨戸が閉じられていた。

ここへくるのは三度目になり、二度目は三郎三が中仙道へ行っている間のことで、やはり小次郎の方から訪ねていた。

その時は家へ上げられ、小次郎持参の酒で井伏と共に痛飲した。

父の面影を追っているわけではないが、井伏と父の似たような境涯に、小次郎は放っておけないものを感じていた。

それに語り合うほどに、井伏は滋味《じみ》豊かな人柄であることがわかり、小次郎の心のどこかで慕うような気持ちが湧いてきていた。

おのれの自堕落《じだらく》で身を誤ったとはいえ、井伏はそのことを十分に悔やんでいるし、今の彼にはなんの罪もないと思った。

そんな孤独な老武士の姿を見るにつけ、それは小次郎にとっても他人事ではなく、やがておのれもこのようになるのではないかと、胸の内で苦笑したものである。

二度目の折、井伏は酔うほどに小次郎に親しみをみせ、またも問わず語りに伜の伊太郎のことを話し始めた。

「飛脚をやっているわしの伜はの、伊太郎と申す。母親は梅奴《うめやっこ》という辰巳《たつみ》芸者で、深川一の売れっ子であった。それとわしは相思相愛となり、やがて梅奴は身籠《みご》もった。芸者をつづけたいという梅奴と、どうしても産んでくれというわしは、顔を合わせればそのことで言い争った。やがて梅奴が根負けし、めでたく伊太郎が生まれた」

小次郎の前で、井伏はうまそうに酒を飲んだ。

「妻にはすまぬと思いながらも、初めて抱くわが子にわしは夢中になった。梅奴も産んでよかったとしみじみ言うし、わしはその時初めて親子、家族の有難味を知ったのだ。武家の家庭ではとても味わえぬことであった。しかしその幸せは五年で幕を閉じた。先にも述べたように、目付方がひそかにわしの素行を調べ、内偵を進めていたのだ。伊太郎が五歳になった時、御上から呼び出された。それですべてがおしゃかとなった」

井伏は今度は苦そうに酒を飲んだ。

「わしは梅奴に迷惑をかけたくなかった。それゆえに縁切りをした。伊太郎とも泪を呑んで別れたのだ。自業自得から井伏の家を追い出され、二十年近くが経った頃、町で伊太郎を見かけた。奴は立派な若い衆に成長し、いなせな飛脚となって町を闊《かっ》歩《ぽ》していた。わしはすぐにわかったが、向こうもおなじであった。両国橋の上で出くわしたあの日のことは今でも忘れぬ。梅奴はとうに死んでしもうたが、わしは伊太郎のなかに梅奴を見る思いがして嬉しかった」

小次郎は口を挟まず、黙々と酒を飲みつづけていた。

「したがあ奴はわしを拒んだのだ。二度と伜と呼ばないでくれと、そう言うのだ。わしは得心がゆかず、奴の所へ何度も押しかけた。初めの頃は門前払いであったが、やがてそれも大人げないと思うたらしく、しだいに伊太郎も折り合ってきた。そして遂にとことん話し合うことができた。伊太郎がわしを拒む理由は曲解《きょっかい》であった。一方的に母親を捨てたと思い込み、長いこと怨んでいたのだ。そこでわしはありのままの事実を伝えた。するとようやく奴はわかってくれたのだ。それがつい最近のことで、明日から上州安中まで遠飛脚で出かけると、わしに伝えにきたのが最後となった。それから戻る日を指折り数え、木津屋にも長屋にも足を運んだが、伊太郎は一向に帰ってこぬのだ」

懊悩を見せる井伏を見て、小次郎は喉まで出かかった言葉を呑んだ。後ろめたい思いがしてならなかった。

小次郎は井伏に対して秘めたものがあり、それは失踪した伊太郎の探索をしているということなのだが、そのことだけは明かせないでいた。井伏の人柄に好感を持っているだけに、打ち明けることがためらわれ、今日まできてしまったのだ。

しかしこれ以上、井伏に隠し通すことが苦痛になってきた。それを言おうと、今日ここへ決意してきたのである。

小次郎が飛脚失踪の探索をしていることを知ったら、井伏はなんと思うか。おのれの伜のことだから、共に力を合わせたいと言うかも知れない。その時はその時で、行動を共にするつもりでいた。

竹林を出て家主の宮司の家を訪ね、井伏はどこへ行ったのかと尋ねた。

すると宮司は、井伏様は旅に出られたと言う。行く先も告げず、戻る日も明かさず、ついさっき出かけられたばかりだと言った。

小次郎は何やら胸の騒ぐような気がして、浮かぬ風情で椙森稲荷の境内を歩いていると、前から三郎三がやってきた。

「こりゃ旦那、どうしたんですかい、こんな所で」

「おまえこそどうしたのだ」

「いえ、あっしはその、井伏様のことが少しばかり気になったもんですから」

小次郎が井伏と親交を持っていることは、三郎三は聞かされていなかった。

「気になった？　何かあったのか」

「それがですね、あっしが木津屋さんへ行って旅の報告をするうちに、ちょっとばかり飲まされたもんですからつい口が軽くなっちまって、秩父の旗本屋敷の話をしちまったんですよ。その屋敷と伊太郎さんがいなくなったことと、何か関わりがあるんじゃねえかと。木津屋の旦那はわけのわからねえ顔をしておりやしたが、ところがそれを井伏様が庭先から聞いていなすったんで」

「おまえ、迂闊《うかつ》だな」

「へえ」

小次郎に睨まれ、三郎三が亀のように首を引っこめた。

「井伏殿がそれを聞いたか……これで行く先がわかったぞ」

小次郎の目にさっと危機感が走った。

十二

それから小次郎は石田の家の離れへ戻り、小夏にあることを頼んでおき、ごろりと横になって仮眠を取った。

やがて小夏の声に起こされた時は、辺りは夜の帳《とばり》に包まれていた。

「どうであった」

半身を起こす小次郎に、小夏が膝を進め、

「行ってきましたよ、花房とかいう旗本の屋敷へ」

小夏には、花房の動静を探らせに行かせたのだ。

「それが殿様は昨日から知行所の方に出かけたと、屋敷の奉公人が言うんです」

「そうか、それでいい」

「知行所ってどこなんですか」

「秩父だ。おれも今からそっちへ向かう」

「ええっ、今からですって？　だってもう夜ですよ」

「構わん」

「お帰りは」

「長くはかかるまい」

「ちゃんと戻ってくるんでしょうね」

「心配か」

「当然ですよ」

それじゃ旅支度《たびじたく》をと小夏が言うと、それには及ばぬと言い、小次郎が編笠《あみがさ》だけを引き寄せた。

「路銀《ろぎん》がいる」

「あ、はい、わかりました」

小夏が母屋へ去り、やがて金包みを持って戻ってきた。

「中仙道を秩父の往復でしたら、三両もあればようござんすね」

「うむ」

その金は小次郎が小夏に預けてある千両のうちの一部で、こうして必要に応じて出させるのだ。

小次郎は無造作に金包みを受け取り、どっかと座り直した。

それを小夏がきょとんと見て、

「出かけないんですか」

「三郎三を待っているのだ」

「連れてくんですか」

「三郎三を囮《おとり》にする」

「へっ？　なんのことかわかりませんけど、あたしも行っちゃいけませんか」

「ならん」

「だって旅先でおいしいもの食べるんでしょう。眺めのいい所へも行くわけだし
……」

「遊山旅ではないのだ」

「小次郎の旦那」

「なんだ」

「今度、湯治場へ行きたいですね。も、もちろんみんなで」

「そうだな」

気のない返事だ。

「おれにはこの江戸にいることが遊山であろう。それで十分だ」

「ふん」

のれんに腕押しの小次郎に、小夏がへそを曲げた。

そこへ三郎三が入ってきた。

その姿を見た小夏がけたたましい笑い声を上げた。

三郎三は木津屋で借りた飛脚姿になっていたのだ。

棒つきの書状入れの箱を担ぎ、背には菅笠《すげがさ》を垂らし、木津屋の屋号の入った胸当てをしている。そして手っ甲、脚絆に道中差を差している。

三郎三がそれをやると喧嘩っ早い山猿を思わせるから、それが小夏にはおかしいのだ。

「何がおかしいんだよ、女将」

「だって三郎三の親分が飛脚になると、山寺のお猿さんそっくりなんだもの」

「けっ、言ってくれるよ。しょうがねえだろう、旦那のお手伝いをするんだから。これでも木津屋の旦那はよく似合うって言ってくれたんだぞ」

「嫌ねえ、お世辞《せじ》に決まってますよ」

小次郎が編笠を取って、

「三郎三、この足で出かけるぞ」

「合点《がってん》で」

二人が出たあとも、小夏はまだくすくすと笑っていた。

十三

秩父の山裾にあるその屋敷は野趣《やしゅ》好《ごの》みの主に合わせ、粗削りな風趣《ふうしゅ》に富み、小滝や泉水が水音を絶え間なくさせ、そして叢林《そうりん》の奥には峻拒《しゅんきょ》とした母屋があった。高い木々の上で、時折野鳥が鳴いている。

井伏掃部頭は裏門から忍び入り、表庭へ廻って母屋全体を眺め渡した。奥向きに煌々とした灯が見える。そこから男の笑い声も聞こえた。

井伏は覚悟をつけると、着物に襷《たすき》をかけ、刀の鯉口を切って母屋へ向かった。母屋は野放図《のほうず》にも、どこにも戸締りなどはしてなかった。

難なく母屋のなかへ侵入し、奥向きへ近づいて行った。

無策のままここまできたが、早く倅の安否が知りたかった。花房とやらを問いつめ、伊太郎の行方を聞き出すことしか頭になかったのだ。

奥向きの板敷の広間では、花房石見守、本郷喜四郎、津田兵庫助、弥之吉の四人が車座になり、酒宴を開いていた。

その板敷は剣術の道場にもなり、花房はここへくれば家臣たちを相手に荒稽古《あらげいこ》に励むのだ。

「これ、弥之吉、鷹狩りの獲物はまだ見つからんのか」

猪の肉を食らい、大盃で酒を飲みながら、上座の花房が言い放った。

弥之吉は箸を置いて畏まり、

「へい、それが思うように……こっちの話に乗ってくるような野郎がなかなか見つからねえんで。申し訳ござんせん」

狐のような小狡《こずる》い面相をうつむかせて言った。

すると本郷が気焰《きえん》を上げて、

「おまえの得意の口から出まかせで引っぱり込めばよかろうが。金の話さえちらつかせれば、大抵の者は引っかかってこようぞ」

「へえ、それはよく。今までもそうだったんですが、明日も街道で目を皿に致しやすよ」

津田が花房へおもねるように、

「御前、近頃ではわれらも鷹狩りが習いになってしまいましてな、月に一度のこれが楽しみでなりませぬ。胸躍《むねおど》るあの気持ちが忘れられんのです」

花房が腹を揺すって笑い、

「ははは、面白いであろう、鷹狩りは。わしはこの地でうさを晴らすことが何より

と思うている。逃げ惑う標的は兎《うさぎ》よりもひ弱であるからな、まさに地に堕《お》ちた軟

弱侍そのものに思えるぞ。徳川の初め頃にはこういうことはままあったらしい。祖

父から聞いておるぞ」

みしっ。

廊下で足音がした。

花房がさっと鋭い目になり、津田にうながした。

津田が立って行き、気配を窺っていきなり障子を開いた。

そこに井伏が立っていた。

座が一斉に殺気立った。

花房がそれを制し、余裕のある笑みを浮かべ、揶揄の口調になると、

「これはこれは、珍客到来だ。どこの御仁でござるかな」

井伏は戸口で静かに身構えると、

「鷹狩りとはなんのことだ」

「はん、鷹狩りは鷹狩りでござろう。武士なら誰もが知っていることだ」

「尋常な鷹狩りとは違うように聞こえた。お手前方はここで何をしている」

思いつめた顔の井伏を、花房は嘲笑《ちょうしょう》して、

「何をしているとは笑止千万《しょうしせんばん》、この屋敷はわしのものだ。断りもなく闖入《ちんにゅう》してきておきながら、そこもとこそ何をしている」

「非礼は承知の上である。わしはこの地で行方を絶《た》った飛脚木津屋伊太郎の父親だ。伜を探している。存知よりであらばお教え頂きたい」

「はて、伊太郎とは……」

花房が惚け顔を向けると、本郷が含んだ目でうなずき、

「先月の獲物のことでございましょう。胸当てに木津屋とありましたぞ」

「ああ、あの飛脚か」

井伏がいきり立って、

「な、なんの話をしている。木津屋とあったならそれは間違いなく伊太郎でござる。どこにいる。伊太郎に会わせて下され。これ、この通りお願い致す」

井伏がその場に膝をつき、土下座《どげざ》をした。

「それは無理というものだ」

花房の冷然とした声が響いた。

「む、無理とはどういうことでござるか」

「伊太郎はすでにこの世にはおらん」

「なんと……」

井伏の表情が凍りついた。

「わしが標的として射止めたのだ。骸は谷底に落ち、今頃は獣に食い荒らされて白骨となっておろうな」

平然と言い放った。

井伏は衝撃に身を震わせ、

「そ、そのようなことをよくも平然と。貴殿はそれでも人間か。人面獣心《じんめんじゅうしん》の輩なのか」

「なんと言われようがもはや詮ないことであろう。これ、老いぼれ、倅のことなど忘れてわしの酒を飲め。近う寄れ」

「うぬっ、許さん」

井伏が刀の柄《つか》に手をかけると、それより早く本郷と津田が殺到し、馬乗りになって取り押さえた。

「ええい、放せ」

もがく井伏の背後に弥之吉が廻り、手早く後ろ手に縛り上げた。

津田が井伏の差料を取り上げ、

「御前、この者、いかが致しましょう」

「はて、なんとしょうかのう」

「鷹狩りの獲物に致しますかな」

本郷が残忍な目で言った。

「ふん、そんな老いぼれではものの半丁も走れまい。つまらん。後々考えるとして、座敷牢へ放り込んでおけ」

座敷牢へ閉じ籠められ、井伏は悄然《しょうぜん》とうなだれた。

ここまで無策できたことが悔やまれてならなかった。それに家臣に取り押さえられた時、おのれの無力をまざまざと知らされた。昔はこうではなかったはずだ。勇猛で知られた時もあり、多数を相手に奮戦したこともあったのだ。

しかし花房の言ったことは本当なのか。伊太郎はもはや谷底で骨になっているのだろうか。

それが事実なら、あの花房はこの上もなく残虐で猟奇《りょうき》趣味の男ということになる。

その眼光には、確かに狂気じみたものがあった。あれは狂った者の目だ。あの男は正気ではない。

(なんということだ……)

乱れた思いは暗い情念に塞がれた。

裸蠟燭の光の先にふっと目が流れた。

牢格子《ろうごうし》に何やら文字が刻まれてあった。

燭台《しょくだい》を持ってそばへにじり寄り、目を凝らして、

「ああっ」

思わず悲痛な声を漏らした。

そこに釘らしきもので、「いたろう」と彫られてあったのだ。

「伊太郎……伊太郎……」

その文字を震える指先でなぞり、井伏は搾《しぼ》り出すような声で嗚咽《おえつ》した。

十四

深谷と熊谷との間の街道に、小次郎は佇んでいた。

その日は日差しが強く、木陰で涼を取っているところへ、熊谷方面から三郎三が小走りにやってきた。

三郎三は江戸を出た時の飛脚姿のままである。

「熊谷の宿場で聞いて廻りやしたら、やはり井伏様は泊まっておりやしたぜ。例の一文字笠に、人相もぴったりでした。昨日の朝に旅籠を出たそうで、その折、秩父にへえる道筋を宿の者に詳しく聞いてたという話でさ」

「そうか」

「旦那、こんな所で落ち着いてる場合じゃありやせんよ。井伏様にもしものことがあったらどうしやす」

「おまえはあの老人をどう思っている」

「へえ、言葉を交わしたわけじゃござんせんが、どことなくいいお人のようで。子供の笛を吹いてる姿なんぞは、なんとなく気の毒な感じがしやしたよ」

「井伏殿は伊太郎の父親なのだ」

「ええっ、そうだったんですかい……うむ、なるほど。若気のいたりってえやつで、町場の女に産ませた子なんですね」

「そうだ」

「旦那も水臭えなあ、そんなことなんでもっと早くあっしに。まっ、おおよその察しはついてやしたがね」

「井伏殿は情も実《じつ》もある立派な御方だ。それだけに、衛《まも》らねばと思っている」

「だったら早えとこ探しに行きやしょうぜ」

「いや、おまえは街道にいるのだ。奴らの囮役なのだからな」

「へえ、けどどこうろついても、問題の中間は姿を見せやせんよ」

「いや、そのうちきっと現れるはずだ」

小次郎が一方の茶店へうながし、寄って行った。

三郎三はうんざりとその茶店を見て、

「またあの鬼婆の面《つら》を拝むのかよ」

ぼやいて、渋々《しぶしぶ》したがった。

小次郎が奥の床几にかけ、三郎三は他人を装って店先の床几に離れてかけると、

「おい、婆さん、今日は虫のへえってねえきれいな水をくれねえか」

「はい、お待ちを」

可憐な声が聞こえ、奥から鬼婆に非《あら》ず、若く美しい娘が現れた。

三郎三はびっくりしてまごつき、

「あれ、まさか化けたんじゃあるめえな。ここの婆さんはどうしたい」

「講中《こうじゅう》の人たちと一緒に、身延《みのぶ》のお山まで行ったんです」

「それじゃおめえさんは」

娘は孫ですと言い、小次郎と三郎三に茶をふるまった。

（なんだよ、面白くもなんともねえじゃねえか）

婆さんの毒気に当てられただけに、拍子抜けする思いだった。

その三郎三の前を、中間姿の弥之吉が通り過ぎて行った。

小次郎の目がさり気なく流れる。

すると弥之吉は思い直したように戻ってくると、ひょいと三郎三の横にかけ、

「娘さん、おれにも茶をくんな」

娘がはいと答え、弥之吉に茶を運んでくる。

弥之吉は手拭いで首筋の汗を拭いながら、三郎三をちらっと物色するように見て、

じっくりと茶を味わうようにしながら、

「兄さん、江戸からの飛脚さんかい」

三郎三は警戒心を気取《けど》られまいと、わざと能天気《のうてんき》にふるまって、

「へえ、さいで。わかりやすかい。どこでもすぐに見破られるんですよ、兄さん江戸者だろうってね。まっ、あっしぐれえ垢抜《あかぬ》けて様子がよけりゃ無理もねえんでしょうが」

「ははは、面白い人だね、あんた。自分で言ってりゃ世話ねえやな」

「へい、へい、世話ありやせんよ」

三郎三はあくまで人の好い若者を演じている。

小次郎は弥之吉に背を向け、存在感を消している。

「ところで兄さん、こっちの方はどうだい。おやんなさるかね」

博奕を打つ手真似をして見せた。

三郎三は弥之吉に調子を合わせて、

「よくぞ聞いて下さいやした。そっちはもう、目がねえ方でして。特に今日みてえな戻りの道中は、どっかの宿場にかならず引っかかることになってるんでさ」

「どうだろう、たまには趣向を変えてみたら。お旗本の中間部屋に出入りしたこと

はあんなさるかい」

「江戸じゃしょっちゅうですよ」

「だったら話が早えや。実はこのちょっと先に手前の主の屋敷がありやしてね、そこで賭場《とば》が立つんですよ」

「へええ、こんな片田舎にそんなものがあるとは思ってもいなかったな。願ってもねえ、連れてって下せえよ」

「ああ、おまえさんさえよけりゃ。軍資金の心配はいらないからね。急な話だし、あっしが立て替えときやすよ」

「よし、これで商談成立だ。善は急げとめえりやしょうか」

弥之吉にしたがって三郎三が立ち、小次郎にすばやく合図を送った。

小次郎は知らん顔であらぬ方を見ている。

十五

花房の屋敷へ連れてこられると、一室へ通され、弥之吉がここで待っていてくれと三郎三に言い残し、出て行った。

邸内は静まり返って物音ひとつしない。

人声もざわめきも聞こえないから、やはり賭場などは立っていないのだ。

何をされるかわからないから、三郎三の不安と怖れは頂点に達し、今すぐにでも逃げ出したい気分だった。

日は傾き始め、辺りはすでにうす暗い。

やがて無数の足音が聞こえてきた。

三郎三がぎょっとなって緊張する。

乱暴に障子が開けられ、本郷、津田、弥之吉が戸口に居並んだ。

「こ奴か」

本郷が三郎三を露骨《ろこつ》な目で見て、

「おまえ、歳は」

「二十を幾つか出たとこですが……それより早く賭場へ案内して下せえよ」

「賭場は本日は休みだ」

「そ、それじゃけえして貰いやすぜ」

三郎三が腰を浮かしかけると、いきなり津田がとびかかって顔面を殴り、すかさず弥之吉が抱きつくようにして三郎三に縄を打った。

「何しやがる」

「博奕などよりもっと面白い趣向があるのだ。われらにつき合え」

津田がほざいた。

「冗談じゃねえ、放せ、放してくれ」

暴れる三郎三がさらに津田に殴られ、引っ立てられた。

そうして三郎三を連行し、三人は屋敷を出て山の斜面を登って行く。

山は夜の到来が早いから、道行く三郎三の足許がみるみる暗くなってきた。

ふっと横目を流すと、後方から松明《たいまつ》の火が見えた。

もう一人、何者かがついてきているのだ。

やがて山の中腹まできたところで、弥之吉が三郎三の縛《いまし》めを解いた。

本郷と津田が油断なく取り囲んでいる。

松明が近づいてきて、花房が三郎三の前に姿を現した。

花房は弓矢を携えており、靫《うつぼ》には征矢が十本入っている。

危険を孕《はら》んだ花房の臭いに、三郎三はめくるめくような恐怖を感じた。

「下郎、ここより突っ走るがよい。逃げてよいのだぞ」

花房の目は残虐な血の色のように充血していた。

「……」

三郎三は彼らの言う面白い趣向というのを、それで理解した。自分は獲物になって、彼らに追われるのだ。逃げて、逃げて、もし精根尽きてへたばったらお陀仏《だぶつ》にされる。

それがわかって、逆に恐怖は薄らいだ。

(よし、やってやろうじゃねえか)

逃げ切ってみせる自信はあった。それにどこかに小次郎の目があるはずだ。そのことが三郎三を鼓舞《こぶ》し、冷静にもさせた。

恐らく木津屋伊太郎、和泉屋末吉もこうして取りこまれ、命をはかなくしたものに違いない。

獲物として、卓越《たくえつ》した健脚を持つ飛脚なら狩人としてのやり甲斐もあろう。歪んでいる、狂っていると思った。

「へい、わかりやした。まんまと逃げ切ってみせやすぜ」

三郎三が不敵な笑みで言うと、花房は気を昂らせ、

「おお、おまえのような命知らずを待っていたのだ。頼もしい奴、褒《ほ》めてとらすぞ」

「へい、お褒め頂いて嬉しい限りで――と言いてえとこだが、ふざけるなってんだ。このくそ旗本め、人の命をなんだと思ってやがるんでえ」

「ははは、鼻っ柱が強いな。しかしこれまで逃げ切った奴は一人もおらんのだ。そのところを肝に銘《めい》じておけ」

「御託は沢山だよ。それじゃあな、おいら行くぜ。あばよ」

三郎三が木々を掻き分け、逃げた。

「それっ、追え。逃がすでないぞ」

四人がばらばらになって一斉に追った。

月は真上にあり、青白く山中を照らしている。

灌木《かんぼく》の茂みに蹴つまずき、弥之吉は舌打ちした。

足首に蔦がからみつき、引き抜こうとするが思うようにいかない。

「畜生、なんてえざまだ」

不運を呪うその背後に、ぬっと小次郎が立った。

「その蔦は死んだ者たちの手だと思え。おまえを捉えて放さぬのだ」

「あっ、てめえはあの時の」

弥之吉が小次郎を見て戦慄《せんりつ》した。

「井伏殿がきたであろう。どこにいる」

「知るかよ、言うもんか」

焦って足の蔦を取るのに必死だ。

と思いきや、

「ぎゃっ」

弥之吉が凄まじい悲鳴を上げた。

小次郎が右腕を斬り落としたのだ。

「があっ、痛え」

「もう一本も斬り落とす」

「やめろ、待ってくれ、あの爺さんなら屋敷の座敷牢だ。獲物にならねえから閉じ籠めてるんだ」

「それで安心した」

小次郎が弥之吉の胸板に深々と白刃を差しこんだ。

三郎三は大木を背に、追いつめられていた。

津田が白刃を手に迫り、

「御前、見つけましたぞ」

大声で呼ぶその声が、いきなり小次郎の手に塞がれた。

「うぐっ」

津田が必死でもがく。

小次郎はそのまま津田の首を抱え込み、ごきりと骨を折った。

ずるずると崩れ落ち、津田が絶命する。

「旦那……」

三郎三の顔は蒼白《そうはく》だ。怖ろしいものでも見るように小次郎を凝視《ぎようし》している。

「三郎三、これは悪い夢のなかと思え」

「へい、そうしやす」

「おまえはこのまま山を下れ。明朝、熊谷宿で会おう」

「わ、わかりやした」

怖ろしくてほかのことは一切聞けず、三郎三は闇に呑まれて消えた。

がさっ。

熊笹を踏む音がした。

「おのれ、貴様」
突如、本郷が牙を剝いて斬りつけてきた。
小次郎の剣が月光に閃《ひらめ》いた。
「ごえっ」
本郷が袈裟《けさ》斬りにされ、どうっと倒れ伏した。
抜き身のまま、小次郎が獣のように身をひるがえした。
だが花房の姿も気配も、搔き消すように失せた。
果てしなくつづく樹林を、小次郎は油断なく探し廻る。
月が雲間に隠れ、やがて暗黒となった。
ひゅっ。
征矢が飛来した。
鏃が小次郎の頰すれすれに樹に突き立った。
さらに矢継ぎ早に矢が放たれ、小次郎の頭上、首の横、腋の下に刺さった。
身動きができなくなった。
弓に矢を番《つが》えたままで、花房が木立ちの間から現れた。

小次郎が青く光る目で見据える。

「刀を捨てろ」

「………」

「捨てろと申しておる」

「………」

小次郎がやむなく刀を草むらへ放った。

「貴様は何者なのだ。何ゆえにここまでわしを追って参った。なんのためだ」

「鬼畜外道《きちくげどう》のおまえを成敗にきたのだ」

「ふん、笑わせるな。役人でもない者がなぜそんなことをする。誰かに頼まれたか。そうだとしたら、命を的《まと》に酔狂《すいきょう》なことだな。それこそ愚か者ではないか」

「酔狂ではない。おまえのような奴を腹の底から憎んでいるからだ」

「それも空しいたわ言に聞こえるぞ。人間として、いや、男としても、わしの方が遥かに値打ちがある。痩せ浪人は所詮はうす汚れた野良犬なのだ」

きりきりと弓を引き絞った。

小次郎は観念せず、かっと花房を睨んでいる。

花房の指が矢を放とうとした瞬間、つむじ風が湧き上がった。

「があっ」

絶叫を上げたのは花房だ。

その背から差しこまれた刀身が、花房の腹から突き出た。

同時に凶暴な矢が放たれた。

しかしそれは崖の彼方へ飛んでいった。

仁王立ちをしていた花房が、やがて力尽きて前へ倒れた。

その後ろに、井伏掃部頭が立っていた。苦心の末に牢抜けをしてきたのだ。

「井伏殿……」

小次郎が目を見開いた。

井伏は荒い息遣いながら、快哉《かいさい》を叫んだ。

「やったぞ。思いを遂げた。伜の仇を討ったのだ」

「仇討本懐《ほんかい》、めでたいことです」

「うむ」

月が再び姿を現し、辺りが明るくなってたがいの顔を照らし出した。

「参りましょうか」

小次郎がおのれの刀を拾い、鞘に納めながら言った。

「参ろうぞ」

二人が歩き出した。

少し行って、井伏が崖の方を見た。

そして合掌《がっしょう》した。

小次郎もそれに倣った。

ひゅうっ。

今度は本当のつむじ風が吹き上げた。

二〇〇八年七月　学研M文庫刊
刊行にあたり、加筆修正いたしました。

光文社文庫

長編時代小説

黄《よ》泉《み》知《し》らず　牙《きば》小《こ》次《じ》郎《ろう》無《ぶ》頼《らい》剣《けん》（三）　決定版

著　者　和《わ》久《く》田《だ》正《まさ》明《あき》

2022年8月20日　初版1刷発行

発行者　鈴　木　広　和
印　刷　堀　内　印　刷
製　本　榎　本　製　本

発行所　株式会社　光　文　社
〒112-8011　東京都文京区音羽1-16-6
電話（03）5395-8149　編　集　部
8116　書籍販売部
8125　業　務　部

© Masaaki Wakuda 2022
落丁本・乱丁本は業務部にご連絡くだされば、お取替えいたします。
ISBN978-4-334-79405-7　Printed in Japan

R　<日本複製権センター委託出版物>
本書の無断複写複製（コピー）は著作権法上での例外を除き禁じられています。本書をコピーされる場合は、そのつど事前に、日本複製権センター（☎03-6809-1281、e-mail : jrrc_info@jrrc.or.jp）の許諾を得てください。

組版　萩原印刷

本書の電子化は私的使用に限り、著作権法上認められています。ただし代行業者等の第三者による電子データ化及び電子書籍化は、いかなる場合も認められておりません。